小仙

聞人悅閱／著

送給綺其

很多年過去之後，讓我們還是一起相信童話吧。
所有一起分享的時光，總是閃閃發亮的。

　　　　　　　　　　　　　　　──緻之

目 錄

她一開始就知道人生沒有不散的筵席這個道理，

所以說再見的時候，

總是甜美響亮，不拖泥帶水。

但是，後來，她猶豫起來，

不捨得跟任何人就這樣揮手作別。

別人告訴她這是種危險的心情叫做戀戀紅塵。

不過，好像這個世界還不至於那樣糟糕，

也許並不需要保持遙遠的距離，

因為希望一直沒有消失，

所以她決定給這個世界一個長久的擁抱。

現在，她就住在這裡了，

這是我們的人間。

01 | 簡史

　　我們家有四個人，爸拔，媽麻，姐姐和我。不，
等等，我們並不是人類。那麼，我們是什麼呢？姐姐
說我們可能是妖怪，嗯，或者是外星人？

　　媽麻總忙忙碌碌，煞有介事處理人間各種瑣事。
她忙中偷閒糾正姐姐說，不，不是妖怪。外星人？不，
我們是──仙。

　　爸拔不在家。我覺得他裝模作樣，像人類的爸拔
一樣上班去了，於是撥通他的電話，那一端的他正走
在嘈雜喧譁的人群當中──也就是通常所說的凡塵俗
世──他對著手機大聲說道，什麼？我們是什麼？當

然——是——人類。他說話的聲音這樣洪亮，篤定，讓人不由不相信。

聽說，住在人世，慢慢就會染上人類的習慣，不管願不願意，最後都會變得愈來愈像人類。因為人類最不願意為別人改變，到了最後，作出妥協的只好是我們。

姐姐到人世不久，就養成了讀書的習慣，慢慢變得無書不歡。爸拔媽麻覺得閱讀可以幫助她學習人類的語言和人情世故，希望不久之後，她就不會詞不達意，說出類似自己是妖怪這樣的話來。人類的書本想必很有趣，結果她愈陷愈深，走路時候看，坐車時候看，吃飯時候看，到睡覺時間也捨不得放下。人類的書本讓她滿口大道理，等我放下電話，她就用長輩的口吻對我說，嘖嘖，看來我們真的是又到了一個以人類為榮的時代，所以不單全家移民到人世，爸拔和媽麻也都在積極地做人。既然如此，你就安心地在這裡做人類的小妹妹吧，多吃飯，少擔心！

姐姐說到吃飯二字，我立刻大聲反駁道，不要，

我不喜歡吃東西。我是小仙，我不需要吃東西。

　　不行，妹妹。民以食為天，是人間最基本的規矩。做人不明白這許許多多的規則和潛規則可不行？姐姐說完這番話，看上去有些擔心，事實上她對這各種各樣的規則也全無把握。

　　是嗎？我摸摸頭，想一想要怎樣做人這件事，開始懷念以前那個叫做仙界的地方，仙界沒有需要特別遵循的規則，尤其在那兒，我們不需要吃東西，不過是閒來無事喝點花蜜，嚥下幾粒露珠，只當是閒情逸致。仙人明明不需要吃東西，為什麼到了人世，我非要學習養成這樣煩人多餘的一日三餐的習慣？

　　姐姐瞟我一眼，她總是能知道我的想法，果然，她說，瓊漿玉露的日子過去了，我們現在在人世，學做人，當然要沾一些煙火氣，最好從吃五穀雜糧開始。聽說當一個清心寡欲的仙人，在人世也已經不是一件最讓人嚮往的事了，既然移民到人世來了，就努力地學習做人吧，做一個徹頭徹尾順應人類時代潮流的時髦的人。

可是，我並沒有說過我想做人呀。我不以為然地回答，我也不要做時髦的人，我最討厭人類的那些形容詞了，把一個簡單的東西貼上這樣那樣的標籤——時髦又是什麼？做人已經夠煩，要費腦筋想當哪一類人就更傷腦筋。

　　我跟姐姐站在鏡子前，打量鏡子中的自己，姐姐的長髮編成了兩根整整齊齊的辮子；我的短髮則自由飛散，不得不用一個巨大的蝴蝶結按住。鏡中的我們穿著同款深藍有白色彼得潘圓領的裙子，因為媽麻說這樣穿優雅時尚又低調，既緊跟當季學院派潮流，又符合我們在人間的身份——在人間當小孩，可不是遲早要去人間的學校當學生？——我覺得連穿件衣服也有那麼多講究，人間生活，真是太多的束縛。

　　姐姐卻說，常常無奈，身不由己，就是人類的特點之一——恭喜妳，妳正在慢慢積累這些人類的特質，也許很快就會變成真正的人類的孩子——妳看，不管願不願意，妳只好穿著媽麻挑選的衣服，在人間當一個時髦的小孩子了。

這都是媽麻的一廂情願。她剛剛來到人世的時候，就對人間小孩的服飾深深著迷，於是藉口要讓我們早日融入人群，滿懷熱情找來各種款式，有些標榜先鋒，古靈精怪；有些堅持經典設計，向名師致敬；有些簡約低調；有些華麗張揚，總之，讓我們眼花撩亂。當然，她很快發現，要融入人間，可不光是服飾說了算——做人遠比選擇穿衣複雜得多，於是她對人間物質的崇拜終於很快告一段落，只是我懷疑，這個毛病還是時時有復發的危險。

然而穿了人類的衣裳，感覺的確人模人樣，穿上學院派裙子的我們看上去精神飽滿，還沒開始上學，就好像已經滿腹學問——我瞪著鏡中的自己，不得不承認人類這樣熱衷於用物質堆砌自己的外表，也許也有一些道理？

　　我正想像人類一樣一本正經作一點思考，鏡子中突然出現了一對毛茸茸的長耳朵和一張好奇的毛臉。姐姐已經開心地拍手，我也要歡呼叫出來，而那張毛臉一晃已經變成一張左顧右盼的鵝蛋臉，代替長耳朵的是兩根長辮子。媽麻這時也推開客廳的門說，圖小姐來了嗎？——喔，這可不是她？

　　圖小姐是我們的老朋友，她是一隻兔子，準確地說是一隻成仙的兔子。她原先住在廣寒宮裡，沒錯，她就是那隻跟著嫦娥奔月定居仙界的搗藥兔。人類一直誤解，以為她成仙不過是因為偷吃了仙藥。其實，這樣的看法並不公平，仙藥只是幫助她到達月宮，而修煉成今天這個境界，她花費了許多努力和執著，對於小小兔子來說，過程艱辛難以想像，在過去漫長的

歲月裡，她一面在廣寒宮研究藥理修行，一面也在人間出沒歷練，經歷不同的考驗。嫦娥再沒有踏足過人世，而圖小姐卻不肯割斷她跟人世的關聯。時時回轉人間，戀戀不捨，自然是不能忘記。仙界八卦雜誌曾津津有味討論搗藥兔在人間的牽掛到底是甚麼，圖小姐與嫦娥卻從來不置一詞。

圖小姐突然出現在我們身邊，有禮貌地微笑著，不過看上去不太順心，我知道她這次來到人間距離上一次回來有了一些時日，人間變化讓她頗傷腦筋，好脾氣的她也忍不住抱怨，比如她那些辛苦修煉獲得，引以傲的技能，在新的時代裡彷彿沒有了用武之地，偶爾顯山露水，還要擔心各種磁場，電磁波對法術的干擾。而且，人類這些年的進步，似乎逐步扼殺了本來維繫在他們與仙子之間的浪漫情懷。仙術課本上本來列舉了許多適合仙子翩然登場的場景，比如書生借一盞孤燈望月興嘆的時候，仙子可以選擇用勵志者的身分出現，用自己修煉的經驗激勵人類發奮圖強。如今，且不說沒有了書生這個職業，自從美國人登月成

功，去了月亮荒蕪的那一面，人類對月亮的興趣就轉變了方向，不屑再費神遐想了。沒有人類的想像，讓我們仙人的生存變得很無趣，甚至有點可笑，而且據說連很小的人類孩子如今也不太相信仙術的存在了——他們相信現實和科學。

媽麻拿來胡蘿蔔蛋糕，圖小姐卻沒有胃口，她眨眨眼睛，有點困惑地說，想當年，我跟嫦娥住在人間的時候，人間可不是這樣的……

媽麻拍拍她的肩，說，變化總是難免的。

圖小姐嘆氣，傷感地說，變化太多，連人類也忘記自己以前的模樣了。

媽麻同情地表示遺憾，但是與塵緣未斷的圖小姐不一樣，媽麻對過去沒有拖泥帶水的感情，所以她也許並不真的明白圖小姐的那些惆悵和不捨。我和姐姐靠著圖小姐坐在一起，想要安慰她。聽說流逝在人間稀鬆平常，所有的事物最後都會歸入歷史的長河，永生的只是一些心念。

圖小姐卻總是不願放棄在那時間長河裏打撈各種

各樣的碎片——聽說這樣的感情在人間叫作懷舊，就這樣，圖小姐逐漸養成了研讀歷史的習慣，人間與仙界的歷史她都瞭如指掌，而關於盤古開天，以及嫦娥的朋友后羿射日的故事就是她講給我們聽的；所以，跟她相處日久，連我也能簡明扼要地敘說我們仙子族類的歷史了。

我們仙子族系龐大，有外形接近中原人類，自古以神州大地為家的各路神或仙；有佔據希臘諸島為家，生活充滿戲劇性的那些知名神祇；依靠修煉成仙得道的搗藥兔，狐仙，狸子仙，甚至蚌殼精；另外，當然還有以庇護海洋為責的人魚；植物一貫信任依託的花仙，草仙，葡萄仙等等。人們常說的妖怪其實也是家族中人。仙界的書上說的妖怪和仙人並無太大分別，妖怪太淘氣，所以被人分門別類。這是行為帶來誤解，心中信仰不被理解的教訓。

最初，雖然仙界和人間有分別，但仙子總愛流連人世，混居人間，在凡塵瑣事中找到無限快樂——那真是美好的時代，天地大同，連人類也對那樣的年代

用上了五胡共榮天下一統的詞句。時光推移，人類的世界卻總是時時出現他們自己無法掌控的災難，史上便出現了多次仙子大遷徙事件，即便戀戀不捨，也不得不離開──仙人全盤撤離人類社會，從此天上人間。

在人類紀元二十世紀的一段漫長的歲月中，人類生活不幸。因為不能達到共識，或者沒法相信同樣的東西，彼此之間時時發生大規模的戰爭，逐漸把人世變成了仙子不宜居的場所。仙子們本來沒有完全放棄希望，總覺得最壞的始終會過去。但眼看美好的明天幾乎要來臨的時候。人類歷史上卻又發生了一場浩劫。人類自從發明了革命這個詞語，便時時實踐練習。那次發生的又是一場打著造反旗幟的大革命──人類太焦急了，覺得反對一切就可以破舊迎新早日進入新的時代，可不幸的是人世間的一些美好事物和情感卻也同時被推翻打破，結果仙子們被徹底嚇跑了。

那場災難開始時，首先警覺的是狐仙家族的幾名成員，他們有幾名元老在人類的學校教書，而學校裡的學生不來上課卻跑去造反革命了，讓他們覺得人心

不古，世風日下，為了表示憤怒，在仙界發表了不能不再與人類廝混下去的公告。後來人間狂熱的革命熱潮席捲大地，人們的熱情像野火一樣被點燃，難以撲滅，仙人們惴惴不安，不知道要如何控制接下來的局面。當那些狐仙教授被人類指控露出了狐狸尾巴的時候，各路仙人為了避免危險，終於只好倉促地離開。當然，狐仙元老們很覺得委屈，以他們的修為，那些被梳理得整整齊齊的漂亮大尾巴是不可能被人類發現的，但是當人類決定要滿嘴胡言的時候，跟他們說什麼也是沒有用的了。

只是，對於仙人來說，遠離人類的生活總是有些無聊，儘管彼此之間也可以比畫一些小把戲，但哪裡比得上跟人類當面周旋來得刺激有趣？只是時代潮流不可逆轉，人類選擇了另外一種仙人不能習慣的生活方式，大勢所趨，身為神仙，也無計可施。

那時，仙人都說一定是人類的腦筋出了毛病，才會彼此不再信任，把朋友變成敵人，把好人當成壞人，指著鹿說是馬，把白說成黑，互相傷害到體無完膚的

程度也不罷休，那時的人間簡直成了瘋人院，無法無天的人類讓神仙也膽戰心驚。結果仙人遷徙離開人世的時候，撤銷了一切在人間的行政機關，大有誓不相往來的架勢。時日推移，我們這代小仙們只能先從仙子家族的書本上尋找人類城池繁華的傳說，人間已經變成如果沒有特別批准不能涉足的地方。

因此，大仙教導小仙說，人世不是一個一貫適合我們仙人生活的場所——雖然，人間不乏美好時光，但每每好景不常，環境就會變得惡劣，情形最壞甚至會產生宇宙大爆炸那樣的禍事；即便自然無災無害，人類也常常跟自己過不去，醉心政治鬥爭，發明武器，各種不同的勢力到最後總是不能共處，就只好自己火拼大洗牌。那樣的場面太過慘烈，讓仙人敬而遠之。後來，在仙界甚至出現了陰謀論，覺得人類根本就是不歡迎神仙，所以才製造了這樣那樣的麻煩要嚇走我們。

不過好在我們還沒有失去回到人間的自由，甚至可以選擇適當的時候，這就是仙界永恆討論的話題——

究竟應當回來，還是繼續保持距離？可是如果人類根本不歡迎我們，那當然沒有重新開設各種行政機構的必要，也不用鼓勵仙人旅遊和大規模移民。

　　不管怎麼說，仙人還是關注著人世，終於在漫長的等待之後，得出人類的好時代也許又將來臨的結論——而我們一家目前正生活在這個可能的好時代裡。仙人中的人類問題專家宣布說，人類眼看終於要找到自己本來該有的生活節拍，彼此願意友愛，把自由平等當作切切實實的目標來追求，公認不同的人應該得到相同的尊重和機會。圖小姐說，對人類來說這很不容易，因為原本人類最難接受的就是彼此的不同，所有的衝突都是因此而起。

　　圖小姐嘆口氣說道，人類的確不應該把精力浪費在可能的戰火之上了，因為人間有更緊要的事情需要所有的人類一起來處理。

　　那是什麼呢？姐姐非常好奇。

　　圖小姐微笑說，妳們慢慢就知道了。搗藥兔看上去好像相當有把握。當她處在完美的平衡狀態時，身

邊會有種可靠和甜蜜的味道。我也不想自尋煩惱，於是坐在她身邊，拋開疑惑，專心享受那甜美的感覺——心醉醉的，恍惚間記得在仙界開派對的時光，各路仙子和妖怪都盛裝出席，不分彼此。仙人們都道骨仙風，大多打扮得整整齊齊；不過狸子仙喜歡畫蛇添足，在臉頰上點上一坨胭脂，耳朵上戴一枝花，而狐仙則在眼睛周圍畫很多深深淺淺的眼影，將眼角畫得細細的，將眼神裡裝滿了一汪汪的水，看著你的時候，盡量要讓你心靈沉醉。小仙們喜歡圍著狐仙們打轉，一面裝作被陶醉的樣子，一面與他們尋開心，趁他們不注意的時候撥開他們身上那些從人世找來的盛裝，把他們的毛茸茸的尾巴揪出來。有些妖怪不懂得打扮，想學狐仙的嫵媚樣子，總是學不像，把自己身上弄得紅紅綠綠的，像一棵棵盛裝的聖誕樹，看上去倒也喜氣洋洋。但不管怎麼樣，那些派對真是讓人覺得快樂，仙界一派大同世界，彼此包容，惺惺相惜。

　　真可惜，有好長日子不能參加這樣的聚會了。我略帶遺憾地說。

姐姐卻道，也不用太著急，等到了萬聖節，人間共襄盛舉，裝神弄鬼，便有仙界派對的風範了。

那還是不一樣，我遲疑地說，況且離萬聖節，還有很久的時間——我發現，如果心中有期待，人世的時間往往會顯得相當緩慢。

圖小姐卻好像顯得非常疲勞，居然睡了過去，而且睡成了兔子的樣子，連毛臉也變回來了。

我們把圖小姐推醒。圖小姐一臉茫然地睜開眼睛，然後轉眼間，又變成了鵝蛋臉的少女，看上去，天真誠懇。

我們問她，人類如果看見長了大尾巴的狐仙，會不會取笑她們。

圖小姐說，如果在萬聖節就不會了，那根本就是人類為了讓長尾巴這種事合法化才創造出來的節目。

那平時呢？雖然我明明猜得到答案，卻故意追問。

誰知，圖小姐一本正經說，狐仙會很小心，不會隨便露出尾巴的。即便偶爾露出來了，人類或許會以為她們故意穿了奇裝異服而沒有時間追究，因為人類

對外貌的不同已經有很寬大的容忍能力了。在這個時代裡，人們仍舊耿耿於懷的是彼此相信的是不是一樣。

那叫做信仰。姐姐作出很有學問的樣子，她說，各路神仙在人間不是都各有各的粉絲，有的多，有的少，但神仙從不因此吵鬧。既然偶像不吵架，粉絲為什麼要吵吵嚷嚷呢？

圖小姐於是點頭道，的確如此，真的沒有吵鬧的理由。要不然精力花在爭執上，可辦不了別的重要的事了。

02 | 記憶

　　時日推移，我對仙界的記憶開始有些模糊，不過我還是記得一些我們移民來人世前後的事情。人間與仙界之間有一組迷宮一般的狹長的通道，開滿了小門，選對進入人間的時機很重要。比如去錯了時間，剛好碰上仙人不受歡迎的時代，即便不會有性命危險，精神上也還是會大受挫折；去錯了地點也有些麻煩，當仙人不方便施展法術，不得不使用人間的交通工具的時候，自然免不了大費周章。

　　進入對方的地界自然需要特別的手續，就像人類在各地旅行，也需要護照。如果人類要去仙界，想要

通過那些狹長的通道是一件相當罕見的事，要有非常高的修為和相當好的運氣。對仙人來說，手續則相對簡便，我記得媽麻帶我去跟一個坐在蓮座上打瞌睡的老仙牽了牽手，他們說我就可以上路了，在那過程中間，老仙甚至連眼睛也沒有睜一下。這樣看來，人間與仙界之間從來都不是公平的——這句話由一位從人間移民來仙界的漂亮仙女說出，姐姐說她的名字在人間鼎鼎有名，她叫做嫦娥，也是圖小姐的好朋友。

我啟程到人間來之前，跟爸拔媽麻去過一個聚會，當時嫦娥坐在我身邊，望著眼前的盛宴，看上去卻有點寂寞，她問我，小仙真的準備好要去人間了？然後不等我回答，嘆口氣道，世道不一樣了，原先那會兒，誰想得到成了仙，卻還要回人間去。

那嫦娥姐姐，妳要不要跟我一起回去？我這樣問她。

她看上去有些為難，推搪說，現在要在人間長期居留，也得有些人間的技能才行……何況，我習慣了這裡。當初年輕的時候離井背鄉的勇氣，恐怕已經沒

有了。況且，偌大一個月宮，既歸我掌管，我又怎能甩手離開？……你們這次去人間也……也不光是為了遊山玩水…責任重大……我最怕有壓力了……

　　可是……我猶豫一下說，圖小姐可是相當想回人間去哪。

　　唔。嫦娥答應了一聲，有點惆悵地說，那隻搗藥兔一直這樣。當年帶她千里迢迢到達月宮，偏她自己也爭氣，終於修煉成仙，哪知道凡塵未了，心裡這樣掛念人間，連我也留不住──真是兔大不中留啊。

　　姐姐在那個派對上連打哈欠，一直抱怨說，實在是太吵了──不過聽說人間更加吵鬧，是不是這樣。

　　嫦娥聽到了卻糾正說，那不是吵鬧，是繁華。

　　姐姐問，人間那麼繁華，那當年妳為什麼捨得拋開，要來仙界？

　　嫦娥淡淡道，在以前，大家都認為仙界更繁華啊。

　　我們一起望著派對大廳外──我們的一塵不染的仙界。人類不是常常想知道天堂是什麼樣的嗎？仙界就像一個漂亮的玻璃盒子，那些透明的線條就如同仙

人一板一眼的生活。不錯，仙界沒有規矩，但是仙人們卻有自己既定的生活習慣，也無意打破那些透明的條條框框。總之天堂相當井然有序，說繁華也沒錯，但卻不是個夜夜笙歌的地方。

那妳喜愛熱鬧嗎？姐姐問嫦娥，到了這樣一個冷清的地方，會不會後悔？……拋棄人間的一切，真是相當勇敢……不過，是不是也有些可惜？

嫦娥一怔，看著我，然後露出一個讓我費解的笑容說，怎麼會？至少，這裡的空氣比較好呀。

哈哈。我忍不住笑了起來，仙人不是不需要呼吸的嗎？

我的笑聲太嘹亮，突然吸引了所有的目光。姐姐站在我身邊，拍拍我的肩膀，顯得無可奈何，她不喜歡這樣成為注視的焦點，我卻覺得彷彿站在了宇宙正中央，舉足輕重起來。

這真是一個規模壯大的派對，看得到錦袍加身的中國神仙，長袍飄逸的希臘眾神，過分胖嘟嘟或過分苗條的狸貓仙子來自日本，英國來的大多是花仙，還

有些狐仙乾脆把尾巴露在外面，點綴著各種寶石——難道這是新的時尚？並非所有的神仙都在盡情享受派對的快樂時光，尤其在聽到了我說的話之後——有的若有所思，有的雖然表情興奮，卻也難掩擔憂神情。——仙人也會擔心？我倒覺得有些奇怪。

對！我們不需要呼吸，人間的空氣與我們有甚麼關係，何苦去管這種閒事？一位戴著長春藤桂冠，一手拿著松果裝飾的權杖，另一手拿一杯殷紅色葡萄酒的希臘神祇大聲嚷嚷起來。

另一位長滿白鬚，然而臉色紅潤的老仙卻不同意，他拄著龍頭權杖，穿著華麗的中式長袍，用力將權杖在地上頓一頓說，巴客科斯，真是目光短淺，沒有空氣和土地，你手裡的酒從哪裡來。這個事情，我土地公公最清楚。人間的空氣絕對不是閒事……

這時一位身材秀氣，穿著和服，說話細聲細氣的女孩子開口道，可不是，我們狸子仙可不比你，我們的呼吸系統仍舊是由我們的肺掌管的，況且你們希臘那些神爭風吃醋的時候，不是也互相吹鬍子瞪眼睛，

空氣好好壞壞，全吸進去了……嘿嘿。她說話的時候，毛茸茸的小尾巴從裙子下擺露出來，尾巴尖上有個鈴鐺，發出細微的蠱惑心神的聲響，非常有趣。

姐姐拉拉我的手說，不要去聽那個聲音，小心被那鈴聲迷惑了本性。

別吵了，別吵了，音樂，音樂！另一位頭戴月桂枝葉桂冠的年輕的希臘神祇大聲建議。他是阿波羅，當他抬起手臂，音樂便真的響起，派對好像一瞬間恢復了秩序。大家臉上都表現出一種陶醉的神情。音樂說實在有點吵，姐姐坐在我邊上，鼓著臉，看上去不太享受的樣子，她總是嫌吵，可是卻總是被讚揚天生有一對好耳朵，不知道怎樣的聲音才是她喜歡的，也許到了人間會找得到？

那位身量細細的狸子仙打量我們說，小仙怎麼也來派對湊熱鬧，以往這樣的派對不是只有成年仙人才可以參加？

嫦娥坐在一邊，搖著一柄扇子，瞧她一眼說，妳還不知道？他們就是那一家的小仙，這兩天就要去人

間了。這派對可不就是為他們一家送行的。

哦。送行？這麼快就要走了。狸子仙吃吃笑著說，這是移民嗎？仙界大門又要大開了？我剛剛結束了百年大修行，一出洞，仙界也變得不一樣了，去人間有變成時髦的事了？聽說妳家那隻搗藥兔又動了凡心。

嫦娥用一把繪圖的小扇輕輕搧風，卻不想提兔子的事，答非所問說，他們家不一樣。他們去人間又不是為了好玩。我們家兔子……當然也不是因為貪玩才會想去人間。這些年，一直沒有神仙在人間長久停留，人間到底怎樣了，這次他們應該終於可以看清楚，這邊的神仙大佬們也沒有必要一直爭論不休——其實早該派人去看一看了……

狸子仙咕噥了一聲說，妳真的捨得她？換作我情願讓她陪著我。

嫦娥這時停下手裡動作，長長的袖子掛下來遮住了她的手腕和她的扇子，那水袖隨著風輕輕飄動，她彷彿在想自己的心事，然後坐得跟狸子仙近一點，悄悄跟她說，妳知道她來來去去人間，這些年也算經歷

了一些世事。妳看，這兩個小仙那麼小，搗藥兔跟她們從小廝混慣了，一起去，也好有個照應……我沒有什麼好抱怨的。而且，她也一直不死心，非要去找……不說了，找了那麼多年月了，人間變化那麼多，簡直是不可能的事。

可不是？狸子仙附和說，光這百年間，人世真是滄海桑田，變化自然有好有壞，連仙界也無法漠視了。這不，當下，我們最流行的話題居然變成了那邊的空氣問題。也真好笑，我們仙人難道真的會害怕人間的空氣汙染？如果我們著急，他們自己卻毫不在意，我不覺得那邊的情形有改觀的可能？不是都說，人類是一種自私的生物？這難道可能改變嗎？……說到這裡，看上去不無憂慮的狸子仙猶豫一下，自言自語道，但人間也許真的跟以前不一樣了。她若有所思，瞅著嫦娥，問道，妳在人間那會兒，那邊應該沒有這種重金屬音樂吧？

嫦娥按按額頭，失笑道，自然沒有。那時候人間讚美音樂，就說「此曲應從天上來」──說的就是仙

樂飄飄嘛！那會兒，人世間的最高夢想就是成仙，音樂當然也模仿仙人的格式，哪像現在，有的小仙居然跟風人世，聽起那重金屬音樂來，我一聽見，頭就疼得緊。

頭疼的事哪只這一條！狸子仙繼續抱怨，把臉也拉長了說，妳如果去那邊看看，現在那兒到處是城市，城市裡密密麻麻都是高樓，我平生第一次聽說有輻射這種東西，無味無形，有一次我坐人類的飛機，在機場過安檢，被一個機器掃描了一次，那個東西一定有人類說的那種輻射，讓我覺得修為瞬間降低了一層，真是可怕。

嫦娥望著遠方，皺眉嘆道，可不是，樓起得好高，現在有些人類能做的事，快連我們仙人也及不上了。

狸子仙抱怨說，但是，人類壽命有限，他們到時辰，就撒手走了，留下的這個世界，還不是要讓我們來操心──真是長壽短命各有煩惱啊。

我打了一個哈欠。姐姐跟我說，快到回家的時候了。

　　狸子仙咕咕地笑，妳們不久就有一個新家了。

　　姐姐不高興地抱怨說，本來的好興緻，已經被妳們攪和壞了。一個勁兒說人間的壞話，讓我們還沒啟程，就都覺得好沒意思。

　　狸子仙笑嘻嘻說，別理我們。當神仙的閒來無聊，嚼嚼舌根，無傷大雅。神仙八卦人類，天經地義，否則怎麼打發寂寞長日呢？

　　嫦娥朝狸子仙微微搖搖頭，彎腰跟我們說，狸子仙只有這一句話說對了——那就是別理她。妳們不用

太擔心，人間是個有趣的地方。畢竟人類做了那麼多努力，想要把自己變得更好，所以神仙才捨不得讓那樣一個地方自生自滅呢。妳們別想太多，到了人世，先安頓下來，好好看看那個地方再說。

姐姐打了個哈欠說，也只有這樣了——原先以為當仙人可以什麼事也不用操心喔。

這個……嫦娥嘆道，但凡要略微負些責任，在人間或仙界都是一樣的，操心總是免不了。然後她用手指輕輕托一托頭，也作出一個小小疲倦的樣子，說，我也累了，這會兒該回月宮去了。

狸子仙不搭話，回頭看看自己的微微顫動的尾巴，說，看來很快免不了要下去凡間走一趟，到時候，這尾巴還是得藏起來。

記得我和姐姐在那個派對上頭挨著頭小睡了一會兒。我們醒來的時候，音樂已經恢復成傳統的仙樂，飄渺地浮在半空當中。

爸拔和媽麻坐在露天的長廊上，背對著我們，正抬頭看月亮，月亮相當圓，相當大，遠遠看見有一個

影子正飛近去，寬袍大袖隨風飄舞，很自得其樂，似乎還舉著一面鏡子自照，頗自戀的樣子，那一定是嫦娥了。

一瞬間，宴會大廳裡的各路神仙都在抬頭看嫦娥的身姿。

但是在快要進入月宮的時候，嫦娥好像不小心掉了她的鏡子，所以顯得有點狼狽，還好身手矯捷剛能把鏡子自半空撈起來，對於她自然不是難事，不過只是打斷了那段本來意境完美的表演，相必她也有點悻悻的，最後身影融入月宮的時候，看上去有點意難平的樣子。我看到了當然咯咯地笑起來。月亮的光線閃爍了一下，好像是有人把月宮的門重重地摔上了，嫦娥成仙那麼久了，卻還是有些小心眼。

嫦娥走了嗎？這時我聽到圖小姐說話的聲音，圖小姐終於出現了。她站得筆直，身量比平時高了許多，看上去健康美麗，穿著幹練的適合旅行的裝束。

她剛走。姐姐說。

圖小姐望著天上的月亮，有些失望。

狸子仙已經把尾巴藏好了，裝作在仔細看著自己閃亮著的粉紅色的指甲說，我看她是有點傷心，怕落下離別的眼淚，才早早離場了。

　　圖小姐眼圈於是有點紅，她看著遠處的月亮抱怨說，每次分別，她都不肯好好地說再見。

　　我有些擔心問她，人間到底是個怎麼樣的地方。

　　這個……我也離開太久了，他們都說人間變了……但是……圖小姐遲疑著說，這不正是我們要一起去發現的嗎？

　　晚宴終於接近尾聲。那離別的景象真是迷人。音樂變得淡淡的。每個人的頭上都出現了一個淺淺的光圈，發出柔和的光來。所有人都想一起跳一支舞，於是都拉起手來。爸拔和媽麻走過來牽起我們的手，我的睡意慢慢消失，心中變得非常恬靜。睡覺對於仙人來說，原本不是必須的，只不過是一種姿態，而這時，我也不想睡了，我喜歡這種手拉手的感覺。彷彿有風，把希臘來的神仙們的長袍吹得鼓起來；狐仙的尾巴也都閒散地露了出來，看上去蓬蓬鬆鬆的；土地公公也

露出陶醉的神情；月亮的光線閃爍了一下，想必嫦娥也正看著我們。狐仙小聲說，嫦娥真是愈發孤高，真不肯再過來了嗎？難道是為了圖小姐要離開她而真的生氣了？真是小心眼。

　　然而，正當圖小姐的臉上出現失落的表情的時候，月亮那邊卻傳來叮叮咚咚的音樂。那是嫦娥的琴音，我們都抬頭向那邊看。饒是看不到她的影子，但是月的光華卻柔和可人。圖小姐露出溫柔的笑意，而我們都站在一起，這種感覺真好，仙子也需要心意相連的那一刻，而傳說中心意想通的最高境界就是與人類同心同力的時候。

03 ｜ 爸拔的職業

　　在人間，爸拔是一位垃圾處理專家。爸拔說那是一份相當重要的工作。

　　人長大了，大凡都有正經事要做，那便是工作。對人類說，選擇職業是人生大事。我們移民去人世，當然要融入人群之中，所以當時，爸拔和媽麻選擇人間的職業，在仙界也是一件大事，還引發了各種各樣的爭論。

　　記得對於爸拔的職業，土地公公曾經建議說，為什麼不做算命先生呢？未卜先知這難道不是我們的特長？或者現在他們有個時髦的稱呼……叫做……塔羅

牌占卜師？要不然請那幾個希臘來的吵吵鬧鬧的神仙來講講星座的事？據說他們那一套現在在人間很受歡迎。

圖小姐口氣不太誠懇地說，土地公爺爺也與時俱進了，居然對人間的新名詞朗朗上口呢。

土地公公說，笑話。我有無數分身至今天天坐在土地廟裡，什麼事瞞得過我本尊的眼睛和耳朵。

看上去光彩照人的財神，緊挨土地公公坐著，咕噥著道，要我說老實話，老兄你的建議的確不怎麼應景了。在他們將要去的那個時代，是個物質的時代，受歡迎的工作當然是能夠有高額收入的工作囉，不如進入投資行業，這個我多少還懂一點。我們倒騰個生物高科技公司，用法術整幾個治病的法子，再把公司整上市……

土地公公翻翻白眼說，俗氣！做了神仙還那麼愛錢，什麼修為！……

仙人們難得聚首，打著討論的幌子，其實是藉機拌嘴聊天。剛才土地公公一不留神提到的那幾個希臘

的神，早聽到了揶揄他們的話，一陣竊竊私語後，突然揚聲打斷土地公公說，坐在小廟裡眼界有限，土地公公哪裡會瞭解那種置身在玻璃大廈摩天高樓中的現代人生，當然，人間的高科技對老先生來說也太難消化理解……況且，那些坐在土地廟裡的不過是些塑像而已，在新的世界裡，那不過是一個漂亮的玩具擺設，跟《星球大戰》裡的 YODA 造型玩偶沒甚麼區別……越說越開心，全然不顧土地公公臉色難看。

　　希臘的神仙們說得興奮起來，居然還喝起了葡萄酒，讓自己的臉上現出一團團的紅暈，他們一面抱怨希臘諸島如今停靠了太多遊輪，一面卻說如果他們真的要找一份工作，那就還是要選擇待在遊輪上當遊客，因為那是人間最接近仙人的生活方式，整日吃喝玩樂，不亦樂乎——但是英國來的花仙們提醒他們，當遊客並不是一份工作，而且遊手好閒不應該是仙人追求的目標。希臘神於是說，那花仙們有甚麼建議？在花仙的心目中，當一名辛勤的園丁想必才是理想的工作。

花仙驕傲地說，其實我們心目中的理想職業是植物學家。經過莎士比亞這樣的文學大師薰陶過的大不列顛的仙子提出的建議是不是更有文化深度，更不同凡響？

　　莎士比亞不過是凡人，把自己與他相提並論可不是有點難為情。以為希臘神酸溜溜地說。

　　花仙們齊聲答道，人類有個詞語叫作雅俗共賞，難道你體會不到人神共喜的境界？何必斤斤計較凡人和仙人的區分，我們不是快要進入人神不分彼此的年代了嗎？——如果大家想共度難關，就不該分彼此。

　　身穿白裙子的圖小姐沒有加入各位神仙的爭論，面有憂色，小聲嘟囔說，會不會根本是神仙們小題大作，或許人類根本不需要我們插手他們的事務，那麼多年來，人過人的日子，神過神的日子，井水不犯河水不是都習慣了嗎——希望這次不是我們多事。

　　一位身穿白衣，手持淨瓶仙塵的大仙飄然走到圖小姐身後，按住她的肩膀，聲音明明很小，但說的話每個角落都可以聽到，她說，普渡眾生不是仙人應該

做的嗎？哪裡會有多事一說？做好事自然多多益善。

圖小姐為難地說道，觀音，人類供奉妳，讓妳聽到人間的各種疾苦，聽得耳根子軟了，當然會這麼說。但是據我所知，現在的許多人類只願意獨善其身，做了錯事，也聽不進勸告，固執得很。

被叫做觀音的大仙用仙塵輕拂過圖小姐不小心露出來的絨球一般的小尾巴道，圖小姐不要太過擔心以後發生的事，妳對人間的疾苦當然是心中有牽掛的，要不然怎麼會願意跟著小仙到人間去？既然有牽掛，就先把心意帶去，未來的事自有因果。

圖小姐還未回答，嫦娥飄然而至，笑嘻嘻地說，搗藥兔就是這樣，人間牽掛再多，她也不會承認。其實大家眼中超凡脫俗的搗藥兔，心中想的最多的就是人間的事。也難怪，那麼多人在人間惦記著她，在中秋節的時候巴巴地抬頭在月亮上找她的影子，人間這麼多粉絲，這份人情，總有一天她要還回去。只是，現在她恐怕一時不知道可以做什麼，又怕人不領她的情，所以患得患失。

　　圖小姐跺腳說，妳知道什麼？不過是最近閒得發慌，偷了支人間的電話，偷偷上社群媒體，知道了粉絲這樣的詞，就自以為洞察人世，說起話來也指手畫腳的。

　　嫦娥顯然不想讓大家再以為她小心眼，所以作出不與搗藥兔計較的樣子，淡淡地說，不用偷偷的，如今仙界誰不關心人間？還不是因為妳這搗藥兔鐵了心要往人間跑，我怕跟不上時代，才趕緊補課的。

這下，我們都知道嫦娥其實是對圖小姐依依不捨，才會與她拌嘴故意使小性子的。

圖小姐聽了一怔，看上去有些感動，而且不好意思。那時候，神仙們還在吵個不停，於是她雙手擊掌，說，眾神安靜，我們吵吵嚷嚷，作不得主，即便在人間，職業這種事也還是要看本人的意願，不是嗎？

神仙們這才想起來討論的目的，點頭表示同意。

所以，到最後，討論歸討論，派對歸派對，爸拔的職業還是要他自己來決定。

爸拔卻不著急，好像早就胸有成竹，慢條斯理地說出他的決定，在人間，他要做一位垃圾處理專家。他宣布了決定之後，眾神譁然，有的覺得這個職業聽上去不夠時髦；有的覺得仙人做這樣的粗活實在不上檯面。

我和姐姐在那個時候坐在一棵蟠桃樹的枝幹上，一面晃蕩晃蕩地像在盪鞦韆，一面閉息凝神，想聽爸拔最後說了什麼，但是不知道哪裡吹來一陣醺醺然的

風，讓我們倆頭靠頭，昏昏沉沉打起了瞌睡，迷迷糊糊間，聽到爸拔說，時髦不過是個虛無飄渺的詞。這樣的職業難道不是人間迫切需要的？而且這怎麼能算是粗活，垃圾回收是一項精細活。

眾神嘰嘰喳喳一番之後，大概都被爸拔說服了。

後來到了人間，爸拔每天拿著公文袋，穿著時髦精神的外套去上班，大家都稱呼他作專家。我唯一的擔心是爸拔工作的地方會不會有難聞的味道。

姐姐說我是傻瓜，因為垃圾處理的終極目標應該就是把垃圾變成無味無害的東西，不是嗎。

我們不是神仙嗎？為什麼不揮揮手，眨眨眼，把垃圾變沒，或者變成香噴噴的大蘋果？

如果這樣就好了。姐姐說，人間的垃圾太多了，連爸拔這樣的大仙恐怕也沒法做到。

嗯？

妳沒聽說過人間的能量守恆定律吧？一個系統的總能量是不會無緣無故改變的，垃圾是不會隨便消失

的啦，即便用障眼法變成了別的東西，恐怕仍舊還是
占地方的廢物。在人間處理垃圾就得用人類自己的辦
法，人類如果能把自己的垃圾處理好了，基本上就處
理好了一切的問題。

04 | 媽麻的理想

　　據說，起初，媽麻有很多理想。

　　媽麻剛開始打算做工程師，律師，藝術家或者作家，並且在仙界的圖書館裡看了整整三天三夜的書，又離開仙界三天三夜，據說溜到了人間太空署觀看了各種儀器運作的過程，去了不同國家的法院看各種各樣的審訊，也去頂級的藝術展覽，混在穿著時髦前衛的藝術家中指指點點，當然也去出版社和印刷公司，甚至圖書館的儲藏室裡去發掘人類的智慧之光。後來回到仙界，想了三天三夜，期間各路神仙都來拜訪。圖小姐非常興奮，一早就說，我們正趕上時候了，人

類正在進入空前自由的時代，比如選擇職業，女生在這個時代裡簡直什麼都可以勝任，可以習舞，學醫，可以當女作家，也可以作女飛行員，或者任職女設計師，工程師，甚至也可以做女將軍，女總統⋯⋯

那些日子，我們在仙界的家中仙來仙往，眾仙都好奇媽麻會做一個怎樣的決定。

嫦娥坐在被人類稱作太空椅的有大靠背和拱形頂的大圈椅裡，吃著桂花糕，動作優雅，但口氣頑皮，吃吃笑著說，那麼多選擇，如果是我的話，真是難以決定要做什麼。

圖小姐小心地看著她，不想傷害她的感情，輕輕道，時代不一樣了。那個時候，我們生活的那個世界，是那麼原始落後，女孩子們沒有機會接受平等的教育，其實去人類的文明世界裡生活一段時間，也許會發現有許多新的機會，要作選擇也不會那麼難⋯⋯搗藥兔似乎想說服嫦娥去人間看一看。自從嫦娥奔月後，固執的她一直沒有回去過，誰也沒法說服她。

嫦娥似乎吃了一驚，訕訕的，顧左右而言他，道，

我又沒有像人類那樣的中年危機，需要重新規劃生活，也沒有轉行的打算，不需要選擇。倒是妳自己，要好好想想。到了人間，理想和職業可不單單是他們一家的事。她一面說，一面突然看到托塔李天王欲言又止，似乎不好意思開口，於是用鼓勵的口吻問他的意見。

還是當工程師好。托塔李天王好不容易能夠插話，悶聲說，我們那時候出入凡間的時候，人世也不是那麼落後的，那時候的人，已經懂得造塔了。雖然現在技術不一樣了，但造幾座威武的塔總應該是沒錯的。人類不是愛建高樓嗎，沒有最高，只有更高。建塔更好，有紀念的意義。

與他有父子關係的哪吒，不以為然，道，造塔？你以為人類那麼容易滿足嗎？如果造塔，他們恐怕是要到月球上去造才覺得夠水準，不過，當工程師也沒錯，人類想造的東西可多了，玩具，武器，飛船，火箭，長生不老藥，治百病的靈丹……不一定要當土木工程師——父親大人說的土木工程師，太侷限了。

一直與他們父子坐在一起的太白金星一直托腮沉

思，作出很有智慧的表情，說，你們去人間不是要為了推進人類在科學上的發展進程，人類太聰明了，在這方面已不需要我們的幫助，走太快也不好，適當時候提醒他們應該放緩腳步，用心想想自己的過去和未來？

看眾位神仙說得這樣熱鬧，好像沉浸在一場不願結束的盛宴之中。媽麻便靈機一動，決定了她在人間的職業——開一家咖啡館。這樣一來，不甘寂寞的神仙在人間就能夠有個暫時的落腳點。咖啡館當然也歡迎人類，他們也可以在那裡歇息，吃吃喝喝，與混入人間的神仙談談心情聊聊志向。神仙和人類可以安樂共處不是修仙的最高境界嗎，至少天書一號裡是這麼記載的——但是姐姐提議說，那還應該是可以安心閱讀的地方，她對聊天可沒甚麼興趣，不過對人間的書籍有些嚮往，想看看到底有多有趣，所以構想中的咖啡館同時成了一家咖啡書店。

結果，我們的咖啡書店座落在熱鬧的老城區，在高樓林立的城市商業區邊緣。一開始，我們簡直不敢

相信這個摩登城市居然還保存著一個傳統的街市，就在我們的咖啡書店的旁邊。在每一個清晨小販們準時開始擺攤，開始售賣著各式各樣的新鮮食材，一直到日落之後。圖小姐說不久之後，這個街市會消失在乾淨整齊的玻璃大樓裡，變成統一管理的銷售攤位——人們意見不一，有人覺得那是文明和進步，有人卻覺得惋惜，說這樣的進步抹煞了人間的煙火氣息。我不知道該站在哪一邊，不過卻慶幸自己來得正是時候，還可以看到這樣有趣的熱氣騰騰的交易場面，讓我覺得我已經融入到了人群之中，變成了真正的人類。

神仙們出入人間，混跡在人群中，雖然不像我們在人間長期居留，但在媽麻的咖啡店裡卻可以稍作休息，冥想片刻或者交流彼此的經驗。神仙們沾了人氣，感受了人間的熱鬧繁華，充分滿足了獵奇之心，絲毫不介意人間已經進入一個不羨神仙的年代，有的神仙甚至開始研讀人間無神論者的書籍。

　　咖啡店真是一個熱鬧的場所，吸引的不止凡人和神仙。有一天，我居然在咖啡店外面碰到了一隻大黃貓，他探著腦袋看著咖啡店的招牌發呆，那天店裡只有圖小姐坐著看一本草藥書。我由於驚訝而叫出聲來。貓和圖小姐都嚇了一跳，發現了彼此的存在，瞪著對方。

　　大黃貓是一隻人間的貓，眼睛圓滾滾的，看上去天真無邪。他在圖小姐的瞪視下，敗下陣來，搖搖尾巴正要走開。圖小姐的眼睛卻亮了亮，走到門口，把他像一個大玩具一樣抱起來，搓搓揉揉，貓也不生氣，跟圖小姐好像氣味相投，並且發出呼嚕嚕的聲音。

　　媽麻從咖啡店後面的辦公室走出來，看著圖小姐

和貓，似乎有些意外，媽麻瞇著眼睛仔細地看那隻大黃貓說，要不然，我們把他留下來吧。

圖小姐繼續跟糖糖貓玩著，沒有說話，我卻已經迫不可待地說好，並且要給大黃貓取名字，大黃貓翻翻眼皮說，我早就有名字了。你們看，我的皮毛的顏色，是不是很像薑糖，糖糖就是我的名字。從前我在這個城市裡遊蕩的時候，有一個白鬍子的老頭給我起了這個名字，說我會遇見兩個愛吃糖的小孩，和一隻搗藥兔，然後我就會結束流浪的生活。現在，兩個小孩我看見了，但誰知道妳們是不是真的小孩，不過我也不在意，只要看上去差不多就可以了。至於搗藥兔？他眼珠子轉一轉，看著圖小姐說，恐怕說的就是妳吧。——不管是不是，那個白鬍子老頭說我最好跟妳們在一起，他說也許有一些事會發生，也許沒有，總之我跟你們待在一起會比較好一點。

我疑惑地向媽麻求證：他說的是不是土地公公？

是他？那個白鬍子老頭是土地公公？糖糖貓翻翻眼皮喵了一聲說，我早知道他有貓膩，裝成一個普通

的老頭，可裝得不太像。他說的話到底是什麼意思？我不太明白，會有什麼事發生？誰能告訴我？

糖糖貓只顧自己嘮嘮叨叨說著話，沒有注意到圖小姐停止了手裡的動作，目不轉睛看著她。圖小姐的眼神中露出不可思議，好像凌晨第一道照亮大地的陽光，那光輝像要揭示什麼一般充滿了驚奇和希望。

可是圖小姐甚麼也沒有說，只是摸摸大黃貓毛茸茸的腦袋，遲疑地說，糖糖貓也許有慧根，如果願意修行，有一天也可以變成神仙。

糖糖貓將眼珠子一滾，圓圓的臉上作出不屑的表情說，我才不要修行，也不想做神仙。他頗為驕傲地昂起頭，繼續表白，說他不想變成幾百萬年也不死的貓，也不想變成人類的樣子，要小心地藏起尾巴，他就喜歡他現在的模樣，圓圓的臉，尖尖的耳，有一身水光皮滑的毛。

圖小姐看著貓的表情，慢慢收起臉上的笑容，彷彿要與貓吵架，將臉湊到貓跟前說，就是你，是不是？你就是那隻貓，對不對？這一次，你一定要聽我的，

跟著我修行吧，這一次，你一定可以成仙的。

我驚訝地望著圖小姐和貓。圖小姐很少有這樣激動的時候，然而貓卻打個哈欠，淡淡地說，什麼貓？我不是別的什麼貓，我就是我。你一定是認錯貓了。

圖小姐退後一步，看上去有些失望，轉身走進咖啡館裡去了。

我想幫圖小姐勸說他，對糖糖貓說，如果你想成仙，她有修行祕笈給你呢。她對修行很有一套。糖糖貓沒有回答，他大搖大擺走進咖啡店，挑了一張椅子坐下，懶惰地打算開始睡覺，並且真的很快闔上眼睛就睡著了，他已經把這裡當作了自己的家。

姐姐從裡邊走出來，問圖小姐怎麼了，獨自在裡邊掉著眼淚。剛才碰見了什麼事？她看一眼躺在椅子上的貓，詫異地說，難道是為了這隻貓？

我們看著媽麻，她正在整理咖啡店書架上的書，媽麻看了一眼呼呼大睡的貓說，如果把什麼都忘記了，倒也是蠻幸福的。

難道圖小姐和一隻貓？我疑惑地問媽麻，難道他

們互相認識？

　　媽麻聳聳肩說，這要等圖小姐自己確定囉。如果貓不承認的話，也沒有用，這可沒有那麼容易說得清楚。

　　媽麻的話讓我更加疑惑。

05 | 我們的才藝

大人要有工作，小孩要有才藝。

沒錯，就是這樣的一個世界。

人類的小孩如果沒有才藝好像是一件可恥的事，
所以每個人類的小孩都在努力地學習才藝。這些才藝
會變成他們今後人生的一部分嗎？會演變成為他們的
工作嗎？人類的爸拔媽麻會說，不知道喔，但是沒有
才藝的孩子就少一分機會變成一個更可愛的人，所以
一定，一定要試一試，學習一種，兩種，或者很多很
多種的才藝。

因此，人類的小孩大多很忙碌，人生就是不斷學

習的過程。而學習，在文明的世界裡，正是一個小孩子天經地義應當做的事。於是人類的爸拔媽麻找到了正當的藉口，人類小孩子的日程表常常排得像一個國家的總統先生的一樣豐富多樣和緊湊。

才藝學習要花費許多時間，每當我想約人類的小孩玩耍，他們往往在忙碌著，人類的爸拔媽麻也許覺得我遊手好閒，無所事事，經常會露出疑惑的表情說，真是抱歉，我們家小孩子今天沒有空，明天沒有空，恐怕要到下週六的下午才有時間玩耍。言下之意覺得我們家的爸拔媽麻大有失職之處，因為對於人類的小孩來說，學無止境才是人間正道。

因此，爸拔媽麻突然倍感壓力，決定入鄉隨俗，但是對到底要讓我們學什麼，卻猶豫不決。

圖小姐很樂觀也很篤定地說，到時候就知道了。她看上去不太擔心我們，不過卻真心想說服糖糖貓學一些修行的本事——自從糖糖貓留在我們身邊之後，圖小姐經常與他聊天，好像苦口婆心要推銷自己的修仙方式，而糖糖貓總是一副不以為然的樣子，他會說，

在動物的世界裡，如果想去馬戲團工作，才需要學習才藝；有時，人類也會讓他們的寵物學幾樣本事，好在朋友間炫耀，這種行為至為膚淺。

圖小姐無可奈何，拍拍他的頭說，這是兩碼事。學藝當然不光是為了表演和炫耀，是為了更上一層樓。你做了那麼多輩子動物，難道沒有厭倦？不想換一種姿態生活？

糖糖貓翻翻眼皮說，沒有想過──滿足是一種美德。然後打著呼嚕睡了過去，表示他毫無修仙成道的追求。

糖糖貓不想學才藝，覺得整天睡覺是天經地義的事。我卻有些猶豫，不能確定學習才藝是不是明智之舉，其實每天在家發呆也不錯。光是坐在那裡，坐著坐著，有一天，也許就突然開悟了，所有的才藝便不學自通──這種事又不是沒有發生過，人間的佛祖不就是這樣修行成功的？

圖小姐嘆氣說，開悟這種事屬於可遇而不可求。時代不一樣了，連神仙也要學習。其實學習才藝不是

壞事。以我搗藥兔的經驗來說，有些才藝的確不可不學，比如把尾巴藏起來的七十二種辦法；而有些才藝不學也罷，比如繡花——我圖小姐要變一塊繡品出來容易，但是要我表演繡花就有些費勁了，因為那永遠成不了我的專長；而有些才藝，雖然不過是雕蟲小技，但是充滿自娛娛人的樂趣，比如吹笛子，或者親手做胡蘿蔔舒芙蕾蛋糕與大家一起享用——做甜點就如同配藥，正是我的老本行。人類小孩學習才藝本來就是件好事，只是人類有時太貪心，學得太多，變得氣喘吁吁，那才無趣。所以，不要有顧忌，重點是學什麼，怎麼學。

其實在仙界，小仙們也會學習才藝，只是每個小仙天生就有一種特別的才能，學習才藝的最高境界就是做到姿態輕盈，讓才藝與自身合二為一，自己和周圍的世界都陶醉其中，好像清風拂面。

　　圖小姐說，在人間何嘗不是如此，在安樂的時代裡，誰不想掌握一點才藝錦上添花呢？只怕藝多不精而已。人間的才藝多種多樣，比如有的小朋友學習音樂，音樂又分為聲樂，樂器；樂器又分為彈擊樂，管樂或者弦樂；弦樂又分為大提琴，中提琴，小提琴；小提琴又分為獨奏，合奏或樂團……

　　在仙界的時候，大家都說姐姐有一對好耳朵，姐姐一直對聲音超級敏感，常常抱怨各種聲響的吵鬧。圖小姐提到小提琴的時候，讓她眼睛突然一亮，圖小姐伸出手指輕輕一彈。音樂響起來，姐姐露出傾聽的神情，看上去安詳如意，看來小提琴的音色正是她尋找了多時的喜愛的聲音。在我找到自己想要學習的才藝之前，姐姐順理成章開始研習小提琴。

　　姐姐原本以為可以略施小技，讓小提琴的弦自己動

聽地響起來，但是沒有想到這一次她要像人類的孩子一樣，從基本功學起——而且她碰到了一位大師。大師覺得付出與收穫成正比，在她黑白分明的教授哲學中，只有好與壞，也沒有還可以或者過得去這樣的詞語。

　　起先，姐姐在大師面前耍小心眼，憑著小仙本能在弦上用音符湊成一支曲子，希望可以跳過單調的基本功，但是大師卻毫不通融地要求姐姐從頭學起。原來，在人間，學習可以是一件磨練意志的事。

　　姐姐自從開始學習才藝之後半年，總結出了以下作為一個修習人類習慣的小仙的感受：

～～～～～～～～～～～～～～～～～～～～～

　（1）開始了就不能放棄。
　（2）進步總是慢慢積累。
　（3）堅持就能帶來成功。
　（4）因為努力而達到目的，帶來的快樂比穿一件
　　　　漂亮衣服的快樂多一百倍。

～～～～～～～～～～～～～～～～～～～～～

大師對於姐姐的進步比較滿意，也讚許地看了姐姐寫下的學琴感受，並且用不以為然的口吻道，我早說了嘛，學琴就是學做人。……慢著……

　　慢著，不好，她看到了我，覺得即便作為一個人類的孩子，我也到了應當開始學做人的年歲——還有甚麼比學習小提琴更好的一舉兩得的方法呢？結果，我也開始了學習小提琴的琴童生涯——因為爸拔和媽麻也說，太好了，既然能同時學到做人的道理，也不能虧待另一位小仙，一起切磋切磋吧。何況假以時日，兩位小仙，不，兩個孩子就可以表演雙重奏了。

　　好吧，既然不能避免，我就不會被學習才藝這種區區小事嚇倒，但是有些事一旦開始，就一發而不可收拾。我很快發現在人類世界裡可以學習的東西多不勝數，即便遊戲也有學習技能之必要，比如游泳，網球，芭蕾和滑冰。所以，我的日程表也漸漸變得擁擠起來。真是入鄉隨俗，這樣下去，不變成人類，簡直沒有可能。

　　是我太貪心，還是人世的選擇太多，眼花撩亂？

我有點明白人類小孩這般忙碌的原因了。

　　糖糖貓說，嘖嘖嘖，了不得，小仙居然跟人類的孩子一樣耐心學習各種技能，簡直讓我暈頭轉向，不知道這是宇宙世界的進步還是退步，或者，只能說一句，宇宙大同罷。

　　現在，我已經懂得不急著用仙人的一步登天法，在人世，他們都說結果只是一個終點，而過程是最重要的，我開始享受這個學習才藝的過程，因為在才藝班裡我終於遇見了我想約而約不到的忙碌的小朋友們。

　　總是我們仙人作出妥協，小仙也不例外。而學才藝這件事，沒有對或錯，而是看你學什麼，怎麼學，那就是你的態度。學得太多未必是好事，什麼也不學，想必也不行。

　　自從我們開始學習才藝之後，家中唯一空閒的就變成糖糖貓，圖小姐似乎始終沒有放棄要勸說糖糖貓修仙，糖糖貓自然不停地拒絕。圖小姐不生氣，也沒有放棄的意思——也許，她正按照人類的一個詞對糖糖貓施加影響——那就是潛移默化。

06｜衣

　　人間是個有趣的地方。大家都說我們到人間的時候會感受到一種強烈的迷惘，叫做文化衝擊，因為人世和仙界的價值觀多少有些不同。作為思想開放的新一代小仙，我倒沒有覺得有太多大驚小怪的必要，因為我心胸寬廣，接受新事物，對我來說，就像呼吸一樣簡單。

　　一到人間，爸拔媽麻就開始忙著衣食住行這些俗事，他們說，對於人類來說，這些都是大事。

　　之前已經提到過，我對穿衣之道沒有特別的追求，姐姐和爸拔也一樣，只有媽麻曾經突然表現出非比尋

常的熱情，主動掌管我們一家的衣櫃，就連糖糖貓也突然有了幾件神氣的衣服。結果我們一家站在一起時，連圖小姐也忍不住露出讚賞的神情，可是這隻搗藥兔卻又遲疑道，可是，這樣子會不會只是徒有其表呢。

聽她這樣說，媽麻露出緊張的神情說，圖小姐說得對，在人間光懂得裝飾外表可不夠，變成了膚淺沒有內涵的人，就不體面了——總之，做人麻煩得很，裡裡外外都需要裝飾。

而且不同的場合需要不同的搭配，要不就會釀成災難。圖小姐這樣補充道，並且提起往事，跟我們說了一個她的故事——那一次，她走到六十年代的人世去，她借用嫦娥的望遠鏡，看見大洋的彼岸流行超短裙，卻忘記自己要去的地方在大洋的另一邊，那裡的時尚可不太一樣，正被淹沒在一片深藍深紅的海洋中。被認為穿著奇裝異服的圖小姐於是徹底迷失了。她那筆直的長髮被人要求剪短，連不算高的鞋跟也被敲掉，超短裙當然也要替換，要不然就得跟著一群牛鬼蛇神後面遊街，那是會被扔臭雞蛋的。圖小姐起先以為這

些牛鬼蛇神在人間犯了錯，而且修行不夠，才被人類抓住不放，她試圖與他們交流，想教他們回頭是岸，不要禍害人間，然而隨即發現他們根本就是人類，既不是鬼也不是神，也不會任何法術，當然也沒有搗亂人間的本事，一切讓圖小姐覺得相當困惑。那次，原本圖小姐是要去人間送藥方，給人類治療某種頑疾的良藥，這樣一折騰，她迷了路，又驚嚇不輕，急匆匆逃回月宮，等重上征途，把藥方送到，一來一回，浪費了人間時間十來年。

我和姐姐聽她說到這裡就問圖小姐，妳每次去人間都有特別的目的嗎？都是為了送藥？有的神仙說，你去凡間就尋尋覓覓，像是要找甚麼東西，到底是不是這樣？找得到嗎？

我們以為圖小姐會迴避這個問題，誰知她很爽快地回答道，人世如果太平一些，找東西就不那麼為難了。亂世裡找東西不容易，那一次自然是沒有任何收穫。幸好，時代變了——這個時代強多了——嗯，至少這是個可以自由選擇穿著的時代了。

　　我對她說的這種自由不以為然。太多選擇可不等同自由，反而會影響做出正確的決定，而且人類的服裝林林種種，讓我覺得眼花撩亂，徹底喪失了判斷的能力。

　　相比之下，仙人的生活簡單得多。在仙界的時候，我們根本不需要衣櫥，只要轉個圈，或跺跺腳就能換一身衣服了。——以人間的標準來說，仙人的時尚毫無消耗，相當環保。仙人大多對時尚沒有太多執著，因為每位神仙都很滿意自己的形象，不願以別的風格示

人，這就是為什麼人類的圖畫書裡，各路神仙著裝特徵分明，一看就能分辨出誰是誰──因為千百年來都是一個樣子嘛。修煉成仙之後的圖小姐尤其不喜繁瑣，她的衣服幾乎都是白色，她覺得純淨才是時尚的真諦──對這個，顯然糖糖貓有不同見解，他說像自己這樣身上無一物才是最高的境界。

　　對糖糖貓的見解，那些狐仙如果聽到了，一定會驚異莫名，大力反駁，他們的著裝理念不光與大黃貓完全對立，而且與別的神仙也不同，他們天性崇尚多多益善的時尚教條，簡約當然對不上他們的口味，連顏色他們都要追求嫣紫姹紅，更不用說各種繁複的配件──單單換幾身衣服也滿足不了他們炫耀的欲望，他們最熱衷的是變幻自己的面貌，最近狐仙中間流行變成人類大明星的模樣，樂此不疲──這般調皮沒有節制，在人間當然會惹出了一些不必要的麻煩──變多必失，被人瞧出破綻──如今，比不得幾百年前了，人類掌握了太多工具，以為自己是萬物之主，並且流行人肉搜索，借助社群媒體的幫助，果然很善於揭穿

真相；況且人情世故也比以前複雜，人們連親眼所見也不願輕易地相信了，狐仙的伎倆要唬人便相當不容易。

搗藥兔圖小姐的風格顯然與狐仙不太一樣，但是倒也不反對時尚有吸引力。仙子們有一次看了人間的百年電影回顧展，就眾口一致說，狐仙其實可以跟伊莉莎白・泰勒學一學，而圖小姐應該會喜歡奧黛莉赫本的風範。既然大家都這麼說，圖小姐便研究了奧黛莉赫本的生平，發現這位明星原來正是時尚中人，於是她對人間時尚也略微關注起來。有一次，在我們家的沙發上盹著了，做起夢來，夢中去的地方居然是熱鬧繁華的巴黎時裝週。我笑著把她推醒，她打個哈欠，覺得還不過癮，乾脆在半空中畫一個泡泡，泡泡中間就是她夢中見到的影像，我們便坐在一起觀看。

美不美？圖小姐問我。

影像中細高瘦長看上去一模一樣的女孩子們排著隊成一根直線朝我們走過來，我說，哇，表情都這麼嚴肅，像在生氣一樣。

不是看表情，是看衣服。圖小姐這樣說。

啊？我不解。

圖小姐說，這個行業只重衣裳不重人嘛。

是嗎？姐姐被泡泡裡的繽紛色彩吸引，走過來，坐在我們旁邊說，妳是說我穿的衣服比我本人還要重要？

圖小姐！媽麻在隔壁房間頗為不悅地大聲喚搗藥兔的名字，圖小姐嚇了一跳，露出毛茸茸的臉，但瞬間恢復知性的女孩樣子，吐吐舌頭，高聲回答道，我知道，我知道，雖然她們要做人間的小孩了，什麼都要學習，但是不要教給她們人間的虛榮。

媽麻探出頭來，看了圖小姐一眼，圖小姐看上去心虛，卻強辯道，一到人間就變得像人類一樣了，總是擔心誤導孩童，難道對著小仙真的只能說政治正確的話？多無趣。其實不用那麼擔心，小仙有自己的判斷能力，難道要把她們聽到的，看到的都篩選一遍才放心？

媽麻想一想說，沒有辦法，學做人類的父母，就

把他們愛操心的毛病也學來了。不操心，渾身不舒服，
就是非管不可。

　　姐姐還在津津有味地看泡泡當中女孩子們款款而
行，只是那泡泡如一縷輕煙，漸漸變淡，慢慢地就不
大看得見，剛才細細的音樂聲也消失了──圖小姐打
個哈欠說，看多了，也累了，這會兒該歇息了。

　　姐姐有些失望道，媽麻哪裡是真的生氣，為什麼
那麼快就把泡泡都消除了，不如教教我們怎麼把它變
回來吧。

圖小姐開玩笑說，上級發話了，不得不聽嘛！然後，她想一想，招手讓我們坐在她旁邊，手朝空中一托，變出一張白紙，手指在紙上比比劃劃，便看見圖像慢慢顯示出來，正是剛才那些華裳美服。姐姐還是有些失望說，光看一件衣裳，看不到靈魂，沒什麼意思。難怪人類有模特兒這個職業。

　　我卻說，真神奇，教給我怎麼在白紙上變出花樣來。

　　圖小姐卻氣餒道，這有什麼稀奇，人間也有這樣的玩意兒了，人類現在簡直無所不能。他們的叫做「我的板」，就是一塊板，比紙重，也不算太厚，拿在手裡，用手指點點畫畫，想看什麼就看什麼——以前人類就開始說過——只羨鴛鴦，不羨仙，難怪現在更沒有人羨慕神仙了，當人類一樣有神仙的享受，哪裡還需要成仙？

　　姐姐哈哈笑起來說，那個東西叫做 iPad，我知道。自從我們搬到這裡來，爸拔就找了一堆人類的玩具，不過那些都要用電，又占地方，不方便。我還是喜歡妳的。教我們怎麼在白紙上變出花樣來吧？

圖小姐聳聳肩膀說，變把戲沒什麼意思。妳取一張紙，用一支筆，就可以自己畫各種花樣了。現在，人類整天用著電子設備，簡直快要忘記如何用筆了，但我覺得用筆作畫寫字才是人類傳統中最優雅的事，為什麼不先學一學呢。她一邊說，一邊從她隨身帶的大包裡取出筆墨紙硯，攤在桌子上，讓我們仔細看看。

　　她的大包裡真是什麼都有，充斥著各種做人的道具，當然也包括鏡子，仙人打扮的時候，其實是不需要鏡子的，圖小姐這樣做自然是為了要顯示她已經融入到了人類的社會——為了這樣的目標，她甚至像人類一樣去商店購物，結果，只喜歡白色衣服的圖小姐抱怨說，只穿白色，在人間居然也可以變得這麼複雜，不同款式，不同質料，不同長度，難以取捨。到最後，崇尚簡約的圖小姐居然買了一大堆不同的白衣服，然後為自己衝動有些懊惱。她困惑地說，即便不出門逛街，只是坐在電腦前面，看著螢幕上顯示的圖片做出選擇，不久之後，就有各種不同的產品被裝在盒子裡送上門來，很快就堆積如山。買東西這樣方便，據說

在以前的人類社會是不能夠想像的，但是，時代不一樣了，人類進步了，簡直是想擁有，就可以得到一切了，區區幾件衣服算什麼，是這樣嗎？

如今在街上，最多的就是服裝店，我不明白為什麼人類需要那麼多各式各樣的服裝，有一次在街上，姐姐叫我看那些商店的招牌——我正開始學習人類的文字，還不太明白那些字母的意思——姐姐說，人類需要的不僅僅是衣服，而是這些字母所帶來的滿足感。我大概有些明白，人類穿上有這些字母的衣服後，就有一種高大的感覺，不用當仙人，就能覺得好像要飄起來，彷彿非常幸福。

媽麻笑著說，是不是幸福就不好說了，不過我們也不應該這樣取笑人類，願意在衣服上化時間，說明人類社會在進步之中，不必為了吃飽穿暖煩惱，也不必為了安全擔心，才會有時尚這個詞語出現，也算是一種文明的表現。

原來是這樣，人類最喜歡創造文明了，難怪醉心生產出了這許許多多各種各樣的服裝，但是新的層出

不窮，那舊的到底去了哪裡？我遲疑地問。

　　媽麻說，咦，這是個好問題。不過關於怎麼處理舊的東西，這要去問爸拔。爸拔剛剛下班回來，放下手裡的公文包，把外套脫掉，看上去一本正經，好像肩扛大任。他仔細想想我的問題，然後開口說，我們每天處理垃圾的時候，會碰到許多「快速時尚」垃圾，那就是人類扔掉的衣服和飾品。為了漂亮而生產出來的東西最終逃不過被丟棄的命運，結果出現在垃圾掩埋場裡，變成需要處理的負擔。現在我和我的同事們天天絞盡腦汁想處理垃圾的辦法，擔心掩埋場的空間不夠用，焚化也不能夠解決問題。人類做一件衣服就需要占用一部分他們自己的資源，比如一件全棉的恤衫，種棉花要占用土地，生產需要用水，消耗電和蒸汽，還有化學物品。在穿著的過程之中，如果用到洗衣機，乾衣機，當然要用到電，人類的發電過程多半就是一個二氧化碳和廢棄排放的過程，光是想想這些，就怪傷腦筋，我們在仙界擔心的不就是人間的空氣變得愈來愈骯髒了嗎。如果人類的這些衣裳到最後全部

以跑到垃圾場裡收場，當真得不償失。

　　圖小姐有些吃驚，不好意思地抓著自己的辮子梢，有些懊惱地說，難怪嫦娥常常說人類沒有任性的自由，常常作繭自縛，看來沒錯，就是要穿幾件漂亮衣服，還得瞻前顧後，好沉重的負擔！

　　看來穿衣服可不光是美不美的問題。我打開衣櫃，探頭看看裡邊成排的衣服。

　　媽麻於是說，我們絕對不能把這些漂亮衣服變成快速時尚垃圾。這樣吧，以後姐姐長高了，衣服可以留下來給妹妹穿。而往後過度地購買衣服這種行為，恐怕應該告一個段落了。

07 | 食

吃東西是件大事。

所有人都要吃東西。

只有我對吃沒什麼興趣。

那麼多人類，食物到底夠不夠吃？

姐姐說大概不夠吧，吃不飽，就會餓，她查人類的字典的時候看到有個詞叫做飢餓。

我不記得見過飢餓的人。但是姐姐說人類的世界很大，雖然我們挑選了一個物質豐盛的時代和地方，但是人間總是分配不均勻，東西你多我少，有的人甚麼什麼也沒有，飢餓便永遠不能消失。

可是我們目前所在的這個城市，超級市場裡食材永遠琳琅滿目，餐館裡宴席也永遠川流不息，吃剩下的食物被人們毫不珍惜地扔進垃圾桶，沒有任何顧慮。

真是不可思議，簡直讓人產生食物取之不盡的錯覺。

為什麼不能重新分配？把這邊吃不完的東西搬去送給另一邊沒有東西吃的人啊？我想一想，跟姐姐說。

的確應該這樣。姐姐附和。

可是圖小姐說恐怕辦不到，因為人間萬事複雜——每個人各不相同，每個家庭也自成單位，不同的地區和國家當然包含了更多不同利益。人類小時候，大人們都教他們要懂得分享，但是那些大人到了治理國家的時候，卻不太情願與別國或既定的他方共享資源，於是即便發生了戰爭，大人們還是覺得理直氣壯，為自己的霸道找理由，甚至說那是為了下一代的未來——使自己顯得崇高而且光榮。真不幸，人類慢慢長大的時候，常常把幼年學過的東西丟掉了，比如像這樣忘記分享的重要——我的不是你的，你的卻是搶占

小仙

的目標，這樣一來，人類注定生活在永無止境的麻煩之中了。

那，我們會變成這樣的人類嗎？我小心翼翼地問。

要變成哪種人妳自己決定呀，小仙妹妹。姐姐這樣說。

這種決定對我來說太難了。不過，看來在人間待下去，遲早得有做決定的氣魄。也許我可以先試試做些簡單的決定，比如吃什麼——既然做人一定要吃東西。我勉為其難，列出一個清單，打算先試試蘋果和香蕉，花椰菜和西蘭花，胡蘿蔔和西芹，還有鮭魚和……但是，姐姐又作出淵博的樣子說，最好吃有機的食物，這樣對身體比較好。這讓我又糊塗了，為什麼會有這樣的分別？人類製造出來的食物不應該都是對他們自己有益的嗎？

姐姐揮揮手說，真是跟人類的小孩一模一樣，整天有十萬個為什麼那麼多的問題？

我說，姐姐妳整天看人類的書，一定知道答案，他們不是說書上什麼知識都有嗎？

姐姐有點為難，不好意思地說，我跟妳一樣，正在努力扮演的角色是正在成長中的人類小孩，要學的東西那麼多，哪有可能一下子全明白。

　　那就施展法術好了。

　　姐姐卻說，我正在齋戒周，不能施展法術，要不然破了戒，功力會退步的；而且我的法術也不高明，多半沒法瞭解這麼複雜的事。

　　為了讓小仙不過度依仗法力，反樸歸真，充分體驗人類社會零法力生活，每個月都有一個齋戒周，毀了規矩就不得了，一整年的修為就會全部作廢。但是，總有辦法吧……我雖然法力有限，但我跟人類的小孩一樣學會了用工具，於是我略一思索，就跟姐姐建議，要不去拜拜那個人類的估狗大神吧？

　　估狗大神住在人類的互聯網絡上，用電腦就可以找到他，而他什麼問題都能回答，除了不知道怎樣能夠變成神仙，威力跟神仙也差不多。

　　姐姐在電腦前搗鼓一番之後，果然有了答案，告訴我說，那是人類玩弄化學的結果——化學是人類掌

握的最接近仙人煉丹之術的本事，已經不是雕蟲小技那麼簡單——其實人類也算蠻厲害了，雖然還做不出長生不老的仙丹，但許多病痛都已經有藥劑可以治療——同時也製造出許多別的藥劑為自己服務，比如讓農作物可以長得快一點，讓魚類吃少點長大點，當然也要想法殺死那些妨礙作物生長的害蟲。只是人類的本事還不太高明，有些藥劑用得多了，留在食物裡，最終吃進肚子，對身體便有了害處——人們一面擔憂，一面卻沒有辦法停止這樣的操作，真是無可奈何——因為人類數量愈來愈多，對食物的消耗也自然愈來愈大，只好借助這些的辦法來保證食物輸出數量足夠供應要求，吃不飽才會是更可怕的大問題。如果要在吃不飽，與亂吃兩者間選擇，人類大概只有選擇前者了。

你看，一切的麻煩都是因為「吃」，所以我不喜歡吃。我下了這樣的結論。

可是人類明顯不這樣認為，他們在吃這件麻煩事上顯然得到了巨大的歡愉。

爸拔媽麻有時被邀請去參加人類的晚宴，不管晚

宴的主體是什麼，吃東西都是重點——花去許多時間把一些花了更多時間製作出來的，看上去倒還算漂亮的食物，統統塞到肚子中去。有晚宴的晚上，總是讓我和姐姐倍受煎熬，在家等兩位大仙回家，是一件費時渺茫的事；但如果一同出席，則更加無聊無趣，首先我不覺得把各種食材變著花樣重新組合再組合有什麼了不起，其次，等候菜一道一道被呈上來，讓我覺得時光變得漫長而絕望，套用人類的話，就是人生硬是被無情地浪費了。

不過，我看過幾個電視節目，當然知道這個時代的人類已經把飲食當作一種文化，廚師也可以變成明星，而人類相信娛樂不是一種浪費。那的確是相當有娛樂性的節目——人們津津有味看廚藝節目中廚師們奮力比拚，爭奪頂級廚師的桂冠。人類天生喜歡觀戰，廚房裡的爭奪也讓人熱血沸騰，畫面上的美味食物，即便吃不到嘴裡，也已經心滿意足——對於這一點我很有認同感——很多東西不一定要吃到嘴裡，遠觀就是一種美態，不是嗎？——我真的對吃沒有興趣。

明星廚師有許多粉絲，粉絲仿效偶像，於是這個
世界變成了人人皆廚。研究美食，變成一種生活態度
——連人類的小孩子也不例外——我去過一個人類小孩
的生日派對，主題就是做披薩——經過一道道工序，
把披薩做出來，然後坐在一起吃掉，簡直是一個從無
到有，再到無的過程，讓我覺得完全是浪費時間——
我不明白這樣做有什麼樂趣，只好問姐姐。姐姐愈來
愈像人類的小孩了，她坐在那些小孩中間，看上去就
像已經跟他們做了一輩子朋友。

我在她耳邊悄悄說出我的疑問，她想也不想就說，結果不是最重要的，重要的是過程。爸拔媽麻說我們要儘快地學會做人類的小孩，融入到他們中間去，一面做披薩，一面吃吃喝喝，一面就交到朋友了。

　　吃原來是社交的工具？那不喜歡吃東西的我，是不是就在人間找不到朋友了呢？我皺著眉坐在派對的一邊，面前放著我還不打算吃的披薩，披薩上的起司本來擺成了我記憶中的仙界縱橫的街道的樣子，但是一烤就全融化了，如同那些在慢慢淡去的記憶。真是沒有辦法，看來遲早有一天我要把面前放著的披薩吃下去。

　　派對快結束的時候仍舊是吃東西，這次吃的是蛋糕，每個過生日的人都要吃生日蛋糕，我咬了一口巧克力口味的蛋糕，慢慢嚥下去，突然嘴巴裡有一種奇怪的感覺，像春風捲著花香翻滾過大地，充滿無邊無際的幸福。

　　姐姐走過來，輕輕對我說，小仙，終於遇到妳的刺激口味了，發現味覺的奇妙了吧？恭喜，人間修行

又進了一步，這下更像人類小孩了。我第一次找到我的刺激口味的時候，感覺也像妳一樣，慢慢妳會發現，味覺的層次就像人類感情一樣，複雜多層，非常有趣。人類有個名詞叫做七情六欲——以前也有仙人一心只想移民人世，為的就是體會這些複雜的感覺——他們說讓他們覺得那才是真正生活著。

是這樣嗎？我懷疑，然後好奇地問姐姐，妳的刺激口味是什麼。

我的是甜味。姐姐謙虛地說，比較普通啦，人類的孩子大多喜歡這種味道。

這時，我才發現，原來我也知道甜味是什麼，我已經開始慢慢可以辨識這些味道了，真是讓人又興奮，又遺憾，又喜悅，而又有點惆悵。

好吧，到目前為止，這算是頭等大事，我終於找到了我最愛的味道，就是我的刺激口味——巧克力。慢慢地，爸拔，媽麻，姐姐都說我快要變成一個巧克力小怪獸了——我甚至希望所有的一切食物都是巧克力口味的。

正當我覺得吃正在慢慢變成一件可以接受的事，對於在人間交朋友也變得有信心起來——他們不是說請客吃飯在人間可以解決許多大問題嗎？然而，圖小姐卻說，小心，吃吃喝喝交的朋友叫做酒肉朋友。在人間，要交朋友，光懂吃喝可不夠。

　　聽到我們交談的糖糖貓卻開始顯得擔心起來，他困惑地說，妳們都找到了自己的刺激口味，為什麼我覺得我卻在漸漸失去我的呢。自從離開街道流浪生活，妳們給我吃人類製造的貓食罐頭。吃著，吃著，我慢慢地想不起我本來最愛的魚腥的味道了。

　　我和姐姐面面相覷，圖小姐則遲疑著說，在人世，動物都需要作一些妥協和改變吧，畢竟人類是一種太強勢的生物。不過，如果願意修煉的話，動物至少不用太過擔心是否要因為人類而作出太大的改變。

　　糖糖貓不以為然道，我已經說過許多次了，我不是妳說的那隻貓，我不需要成仙。滿足現狀是一隻貓的美德。何況，妳自己忙著要在人間留下來，為什麼反而要我離開人世。

圖小姐搖搖頭，好像不知道怎麼反駁。她說，人間本來就是充滿矛盾的世界。然後她自言自語道，滿足現狀？難道人間的現狀是可靠的嗎？人類這樣沒有節制地吃吃喝喝，不停消耗，誰知道會出什麼問題。有一些自由，多些選擇有什麼不好？

　　糖糖貓卻覺得最首當其要的是去咖啡店旁邊的街市，找一條真正的魚，複習一下魚的味道——他覺得在人間，一切問題還是有解決的辦法，所以修仙還是沒有必要。

08｜住

在仙界的時候，好像沒有誰對住在哪裡，住什麼樣的房子，房子有幾個房間特別在意，當然也沒有人買賣房子，住房在仙界是需要就自然會出現的東西。

當然，仙界也有地標式的建築，比如嫦娥的廣寒宮，但是這樣標誌性的地位是拜人類所賜，人類不是常常對著月亮指指點點說故事嗎，如果仙界和人世之間開通了旅行通道，那裡一定會變成人類遊客的必到之所吧——人類就是喜歡湊這樣的熱鬧，在名勝照相留念是他們旅行中的大事。

我們來到人世，一開始當然是租房子，然後爸拔

媽麻和圖小姐就開始討論買房子有沒有必要，越談越熱烈。他們甚至討論是否略施小技解決住房的問題，但最後覺得還是按照一個正直的人類的方式把事情搞定比較好。不過，他們沒想到，這是一件相當麻煩的事。

爸拔媽麻當然也跟他們的人類朋友聊過這個話題，其實不用特別提起，這個話題也會像傳染病一樣瞬間占領不同的社交場合，不同的人談不同的房子，說不同的心得，有不同的抱怨和各種各樣的建議，看上去，人世不易居。

圖小姐說，以前不是這樣的——圖小姐為了研究藥道或者尋找某些失落的東西，曾經無數次穿過那些時光和地域的通道，返回以前的人世，——她去過遠古的時代，那時物質和精神生活雖然貧乏一些，人類隨遇而安，不講究居住的環境——後來，人類對居所挑剔起來，可是起座樓，或者推倒一座樓，還是不需要像今天一樣，經過人類政府機構手續繁複的批文——那時候，圖小姐沒有土地，全部的生活樂趣都在她的

法術裡，不必流汗花力氣，她只需在一個月亮穿過白蓮花般的雲朵的夜晚，在一塊空曠無人的土地，默默唸起她的咒語，瞬間平地就可以起高樓，有時也不需要太豪華，一間白牆黑瓦帶竹籬的農舍就可以讓她很滿足地做幾年主人……

那時，與她一同出現在人間的還有別的仙子，他們的一小部分故事被收錄在人間一本叫做《聊齋誌異》的書裡，但書裡記錄不完全，只寫了一些拍案驚奇的故事，沒有把圖小姐珍惜的人間情誼寫進去。只可惜，她在人間的那些情誼總是不能維持長遠，也許是因為人類會老去，而她總是永生……

媽麻笑話她說，也許是因為妳選址不對，畢竟是兔子小姐，不喜歡離人類的繁華場所太近，總是在僻靜的山野建造那些房子，儘管那些都是修行的好場所，對於人類來說，嗯，太過偏遠，連情誼也不容易留住。

圖小姐辯解說，那都是些氣氛情調超級棒的地方，妳剛剛做了人類，哪裡能夠懂得？那時候，我的朋友們，總是說，我們一到那裡，心裡就格外的平靜——

那桃源一般的地方會永遠留在他們的記憶裡。

姐姐一面看書，一面忍不住插嘴，告訴圖小姐，桃源不是一些類似仙界，人類只能涉足一次，就再找不到入口的地方？

圖小姐沉吟不語。

我說，一定是圖小姐施展了法術，才讓那些人類產生那樣美妙的感覺。

不是的。圖小姐說，我沒有用法術，我像人類一樣用真心。

那麼，媽麻問她，妳自己想一想，為什麼那些情誼還是不能留下來？

圖小姐抱著頭，呻吟一聲道，如果不是人心不可測的緣故——那麼，就是……就是……位置……難道是真的因為我選錯了位置嗎？

位置很重要。姐姐依舊在看書，頭也不抬地說，前幾天爸拔媽麻與那幾個人類聊天的時候，他們反覆地說著位置位置，並且舉了很多例子，表示他們選對了地方買房子，再轉手賣出去，獲得的利益讓他們看

上去是這樣快樂——既然得到了快樂，也許那些麻煩也是值得的。總之，在人間，就要站對位置。圖小姐以前一定是選錯了地方。

圖小姐看上去有些沮喪說，我並不想買賣房子獲利，我只是想回味一下過去的那種人間生活罷了，最好雞犬相聞，充滿人情味……

媽麻安慰她說，不要想太多，這次妳恐怕沒有機會找一塊荒地另起小樓了。人類的土地不夠用，哪裡都擁擠不堪，放不下妳的那些房子。況且，妳現在住的地方可算相當時髦，在年輕人趨之若鶩的黃金地段。

圖小姐苦著臉說，我有一顆老靈魂，我的內心是老派的兔子，喜歡的是那種老派的建築，有歷史感，有故事，建築講究細節，工匠願意花費心血，手工雕刻出花紋，就像月宮上的那座樓臺……但現在我住的是一幢玻璃牆的智能型大樓，所有的線條都是筆直的，顏色也簡約漂亮，倒很配合時尚，也與我的那些白衣衫般配。只是，坐在家中，四周沒有可以說說笑笑的鄰居，卻環繞著這樣那樣的電波、磁場，常常按一個

按鈕就做到了以前要施展法術才能做到的事，簡直讓人懷疑修行的必要，沒有修行的動力了。

　　姐姐終於放下書道，既然說到修行的問題，我忍不住要抱怨囉。自從開始談房子這件事之後，你們這些大仙愈來愈沒有仙味了，整天說房子的事，跟人類一樣說投資，把各種數字掛在嘴邊，需要這樣嗎？這般營營役役不會讓你們的修為降低嗎？

　　圖小姐若有所思，窩在沙發裡，突然咕咕笑起來，說，那叫做俗氣。我們本來就是凡間的動物修煉成仙

的，當然免不了帶著人間煙火味道。只是你們這些自稱超凡出塵的大仙，踏入紅塵，到底也免不了俗氣一番了？

誰知道，爸拔媽麻一同聲地說，俗氣好，俗氣好，就是要接地氣。要不然，總是雙腳不沾地皮，繼續飄飄然地做仙人的話，在人間就不好辦事了。

好吧，既然爸拔媽麻願意被這樣的俗事纏身，我和姐姐就讓他們去決定我們應該住在哪裡。當然，人類的小孩也不管這樣的事，難怪人類的小孩都不想長大，做成年的人類看上去果真相當勞心勞力。

結果，我們也像圖小姐一樣在城市的公寓大樓裡安頓下來，公寓的窗戶面向大海，但是那遠遠的海邊也是高樓林立，一到晚上就變成燈的海洋，真是仙界也沒有的風景。我和姐姐第一次看到這樣的景色的時候，瞪大了眼睛，說不出話來。

那時刻，圖小姐也在旁邊，以沾沾自喜的口吻，說，司空慣見，這就是城市風景。好像那亮閃閃的城市是她的手筆一般。

如此這般，我們終於在人類中間安頓下來，下一步自然是嘗試做到安居樂業。只是爸拔媽麻說了幾句我不太明白的話。

　　那時，他們站在起居室外的大陽臺上，風從海那邊吹過來，夜晚的天空很藍，不過看不到星星，我不知道他們在看人間的燈海，還是在試圖辨別看不到的星座，我們總是習慣把遠方的星辰作為故鄉，雖然嚴格來說，那並不準確。

　　爸拔說，人類真的有值得驕傲的地方，花這麼多年，居然走到了這樣的地步。跟以前比，真不可同日而語，只是可惜啊……危機重重……，這也不能怪他們吧，多半是因為無知，但是我們仙人知道的，不是也很有限嗎？我們來這裡，到底要做什麼呢，他們自己又能做什麼呢……他們的有生之年本來不就是有限的嗎？

　　我不知道爸拔上一次來人間去的是什麼時代什麼地方，媽麻說他在那個時候養成了愛作詩填句的毛病，這毛病發作的時候，思考的方式就不太一樣，心中有種叫做悲憫的情懷，覺得自己和我們非要負起某種重

大的責任不可。

　　媽麻回到房間裡幫爸拔倒了一杯葡萄酒說，一代人走了，還有下一代人。什麼也不做可不行。

　　爸拔舉一舉杯，沒有說話，他也許在心中吟了一首詩，也許正從詩意中醒來，在想著我們移民到人世來的前前後後，他說，讓我們看看他們到底能做什麼，而我們到底要不要在這邊長久地留下來。

　　原來大仙的世界和大人的世界一般看上去有操不完的心。

　　我們居住的公寓靠近這城市裡最好的學校，很快，我們就會和人類的小孩一起去念書，在這擁擠熱鬧的人世，等待未來的一切。

　　糖糖貓對於我們的新家不表示意見，他說任何可以讓他舒服地蜷縮起來睡的地方都是好地方，他對居所可一點也不挑剔。

　　圖小姐不再跟他討論是否想要修煉成仙的事，但是她跟大黃貓之間似乎建立起了一種默契，看上去真不像只是在這一世才相遇的。

09｜行

我們不再能飄著走路了。

不是不能，而是不合適。

自然，我們可以坐各種別的工具，但是要借助外力不能隨心所欲，非常不方便。但人類就是這樣，因為沒有翅膀，也不能靠念咒語來縮短時間或空間的距離，只好在自己三維空間裡作有限的活動。據說，很久以前，人們曾經膜拜仙人，羨慕我們可以自由地飛翔──那真是仙人的黃金時代，人們印製仙人的圖片，傳播仙人的故事，但是，後來，他們漸漸不再這麼滿腔熱情地崇拜仙人了，因為他們沒有翅膀卻製造出了可以讓他們飛起來的機器，就像飛機──爸拔說這是有志氣的表現。與

生俱來的東西不稀奇，把羨慕變成自己可以掌握的力量，創造出沒有的東西來，是一件很了不起的事。

　　我坐過飛機，飛上幾萬尺的高空。飛機慢慢升高，從窗口往外看，雲朵漂浮，那所謂的天空真是空曠，簡直如同仙界一般寬廣。但是，媽麻說，人間的雲朵是水氣和灰塵組成的，沒有辦法支持重量，如果人類坐上去，就撲哧一下穿過雲層掉下去了，弄得滿身塵土，溼乎乎的。沒有辦法，人間灰塵太多了。仙界的雲朵要好玩得多，也許是因為我們比較輕盈，我記得我與姐姐在那上面蹦跳，翻跟斗，可以從一朵雲跳到另一朵上。雲很乖，像寵物一樣，如果馴服一朵，就可以借它的力量飛來飛去，那就是以前人們說的騰雲駕霧。我覺得那樣的自由飛翔，還是比坐飛機方便。

　　坐飛機其實是很費時的事。圖小姐說以前不是這樣的，飛機剛在人間出現的時候，她趕去湊熱鬧，穿著白底小花的旗袍，拿著小手提箱，站在飛機的艙門前，回眸一笑，居然還上了當時時髦城市上海的時尚雜誌，那一次她從上海飛往重慶，飛得暈頭轉向，差點露出兔子

尾巴，只因為那時候她沒有搞清楚人間的狀況，人世正爆發戰爭，上海重慶這條航線危機重重。但即便在那個戰火蔓延的年代，坐飛機的手續也沒有現在這樣麻煩。

現在我們需要證件，證明自己是誰，然後要排隊等候所有行李的檢查，連我們自己也要被掃描全身，務必被看得清清楚楚了才能上飛機。圖小姐當然很得意，因為在那樣的情形下她也不會穿幫，一根兔子的毛也不會被照到，人類的修為在增長，她的修為也是道高一尺，魔高一丈。但是，真的是這樣嗎？人類的修為真的高了嗎，那為什麼，他們做飛機的時候不能信任每一個人，老是疑心破壞者就在身邊。

爸拔媽麻說那是因為人世太複雜了，每個人明明都不一樣，卻要求別人跟自己相同，如果目的達不到，就吵起來，甚至大打出手造成流血；如果只是幾個人發生摩擦，彼此受傷害也許還不至於那麼可怕；但如果許多人打算種下仇恨的種子，通過大規模的衝突來解決問題，那便是大悲劇了。這樣的事並不少見。圖小姐說。她揉揉自己的鼻子——不想說那些關於戰爭

的事情，戰亂讓她情緒低落，影響修為。她說，其實，人類真是糊塗，不知道他們共同面臨的危險嗎？彼此互相指責爭奪，有什麼好處，如洪水一般的災難如果來了，會把一切都沖刷得乾乾淨淨，還不如把時間花在對付共同面臨的危機。

　　大仙們總愛聳人聽聞，嚇人還可以，嚇不倒我小仙，我覺得不至於會壞到這樣的地步，即便洪水來了，還可以坐船呀。但是爸拔媽麻都搖頭，似乎想著他們為難的心事。我不明白他們的煩惱，但是連他們也不能否認坐船還是一件蠻愉快的事——在風輕雲淡，無災無害的人間。

　　有時我們坐渡輪，也有嘗試過坐遊輪，在海上飄很多天，吃吃喝喝，聽音樂，發呆，什麼事也不用操心，船上的人類都如此，據說那叫做度假。人類的傳說裡，海洋中有水妖和美人魚。在仙界的時候，我也與小水妖和小美人魚一起玩耍。跟住在仙界的我們不一樣，他們的水域與人間的海洋相通。

　　不知從什麼時候起，他們開始抱怨海洋的水質比

不得從前，甚至有上岸搬到仙界無水環境的打算。他們都不喜歡人類的船，尤其是我們這個時代的船舶，因為它們總是排放出一些讓海水變得渾濁的廢氣。在很久之前，人類的海船有巨大的風帆，航行全靠如何掌握風向，非常不方便，但卻不會把海水變得很髒。

我們與人類一起坐船的時候，當然看不到海中的人魚和水妖，但想起他們，就讓我覺得有些內疚。但爸拔媽麻說要看一看人類的海洋，過一過人類的生活。說實在，如果不記得水妖和美人魚的抱怨，我覺得這樣的旅行也還不壞，但是海水並不總是清澈，海底的魚也並不那麼快樂，真是傷腦筋。而船上的人類卻全都那麼歡愉，毫無負擔地享用著眼前的一切。

在船上，姐姐當然還是埋頭看書，姐姐有一次看得咯咯直笑，因為書上說人類練就了一種叫水上飄的武功，就能輕身掠過水面，行得飛快，不費力氣。我也覺得好有趣，不知道那是不是修仙的結果。但是媽麻說，那只是故事。人類的書上描寫的，有許多只是人們一廂情願的想像，因為不可能，所以愈發說得天

花亂墜，語不驚人不罷休。書上寫的，不一定是真的。這是人世的另一個奇怪現象。

　　人們善於借助工具是事實，如果有恰當的工具，在水上飄一陣子也不稀奇，只是人類沒有仙術，要讓工具動起來，需要找到能源來製造動力。能源是人類社會的一切。沒有能源，就沒有晚上從我們窗戶裡看到的那萬家燈火的壯觀景象。我們家倒有一輛什麼能源也不需要的車，這是爸拔媽麻唯一在人世會施展法術的時候。圖小姐覺得用法術開車太累，所以有一輛靠充電驅動的小車，比起靠吃汽油跑路的車來說，圖小姐的車不會排放出有害的氣體，自然環保很多，但是電是從哪裡來的？要發電，仍舊需要消耗能源，比如燃燒油或者煤，一樣會釋放出廢氣。所以，我們的魔法車才是最理想的，但是人類卻不能用。開車在人類社會應該也是一件代價很高的事，可是沒有辦法，大家都拒絕不了開車的魅力，就像拒絕不了擁有房產的誘惑。通常，人類除了想擁有自己的房子，也想擁有自己的車，真是相當有占有欲的生物。

　　我們現在居住的城市裡，有相當多的車子。堵車在城市裡不是新鮮事，碰到堵車的時候，我覺得相當無聊，無聊就像一團會把氣球漲破的氣體，讓我鬱悶無比，簡直要爆炸。我很想讓爸拔媽麻把車飛起來，越過這所有的擁擠，但是，他們當然不會那麼做。他們說，在人間出行，就是這樣耗費時間和精力的。好吧，我從車窗裡看出去，人間的時間在滴答流逝，人類花費那麼多時間在等待之中，真是等著，等著，就要長大變老，一個時代眼看要流逝而去。人類短暫的一生究竟要化多少時間在等待上？

糖糖貓知道我對堵車的抱怨之後，呼嚕呼嚕地表示不屑說，為什麼要自找麻煩呢？他讓我跟著他走。於是，在一個風和日麗的午後，糖糖貓穿上一件小背心，在背心上繫一根帶子，他讓我牽著帶子的另一端，跟他一起大搖大擺走在人行道上，在人們驚訝的指指點點中，越過因為堵車而緩慢行駛的車輛，最後走上山間小道，穿花拂柳，一路暢通無阻。他一面走，一面得意洋洋地說，最可靠的交通工具就長在自己的身上，有時嘗試一下腳踏實地，效果就不同凡響，人類和仙人都忘了這點，貓咪可沒有忘，偶爾還是要返璞歸真——因為步行才是真正的無碳行走方法，一點汙染也沒有哦，也無須排隊等待。

10│姐妹

　　我和姐姐經常吵架，在仙界如此，在人間還是一樣，不過吵著，吵著，就又和好了。他們說，姐妹一起度過的時光在記憶裡都會變得閃閃發亮，這沒有錯，如果沒有姐姐跟我吵吵鬧鬧，我會覺得相當寂寞，我們的吵鬧是我們的相處方式，永遠以和好如初收場。只可惜人間的各種爭吵並不都像我和姐姐之間的吵鬧，人類有時會為一些雞毛蒜皮的小事，花上幾代人的時間來大動干戈。

　　如果在仙界，姐姐和我也會一起去學校，在不同的年級研習仙人的修為。到了人間，我們一樣也還是

要去學校——學校本來就是人間的產物。只是，除了去人間學校，我們還需要學習仙人的基本技能——雖然我一直懷疑仙人的技能在人間還有用嗎——媽麻卻說，是不是有用並不重要，隔壁的小孩不是也在學習法文嗎，人家媽麻說法文不再是頂重要的外語了，只是發音優美，不想放棄。仙人的法術當然也是天生有益難自棄的學問。

仙界本來沒有學校，但是仙人修為總是參差不齊，後來決定學習人類在近代社會的作法，普及仙人義務教育，把仙術的級別規範化，提高整體仙人素質和法術技能。當然，不是所有的仙人都對學校覺得滿意，懷疑學校不能培養出性格獨特，有創造力的仙人——畢竟仙界與人間不同嘛，仙界居然去學習人間那一套，讓許多仙人的心中覺得不以為然。並且擔心是否有一天，仙界會終於變成一個像人間一樣充斥著各種補習班的場所？那就太沒有仙界的風範了。

但事實上，因為在仙界我們就已經習慣了學校這種制度，所以很容易地適應了人間的學校。

到人間之前，爸拔媽麻跟我說，與姐姐要互相關愛，扶持，因為，人世，……唔人世，非常遺憾，是一個有艱險的地方。圖小姐則言簡意賅地說，人間有陷阱，要當心，所以有兩個人作伴當然能看得清楚一些。

　　圖小姐這樣說的時候，我與姐姐面面相覷，看一看周圍，也望一望窗外那人世的城市和高樓，藍天之下，萬里無雲，風和日麗，見不到任何聳人聽聞的危險啊。

　　媽麻說，時候到了，她們自然知道怎應對。現在沒頭沒腦提這些，她們也不能明白。不過話說回來，即便沒有險惡，妳們也要友愛──雖然，意見不和是允許的。

　　我和姐姐都鬆口氣，如果要保證絕對不吵架，是一件困難的事，誰都知道神仙追求的不是十全十美，而大家都說我們來到的根本是一個充滿缺憾的世界。在任何有缺陷的地方，我們大概不用要求自己十全十美。不過，人類說，愛可以彌補一切。那麼我就與姐

姐友愛一些吧，或許這樣可以使我們自己看上去完美
一些。

　　但是既然姐姐比我年長，修為比我高，她當然可
以做得比我更好一點，所以，我跟姐姐說，妳可不可
以做這樣的姐姐？就是：不要跟我吵架，教我很多東
西，不跟我搶玩具，在我高興的時候要跟我一起玩耍，
在我脾氣不好的時候永遠原諒我。

　　姐姐想一想之後答應，只要我可以做到不跟她吵
架，教我的時候專心聆聽，不把玩具占為己有，玩耍
的時候不耍賴，脾氣不好的時候深吸一口氣，不隨便
扔東西，那麼她大概有希望變成我期望的那個樣子。

　　在下雨的午後，我跟姐姐背靠背坐在地毯上，姐
姐在看書，我咬著我的大拇指，吧唧吧唧，幾乎聽得
到人間時光流逝的聲音——什麼也不用擔心，卻可以
有人依靠在一起，真是一件美妙的事；可是姐姐突然
放下書，若有所思地問，妳什麼時候可以戒掉那個咬
手指的習慣？

　　我嚇了一跳，把手指從嘴裡拿出來，疑惑地問，

小仙

不可以吃手指嗎？可是，好像吃了很久了，習慣了的事情不能做會很不舒服的──在仙界的時候，我不也是這樣的嗎──小的天使不都愛咬手指？

姐姐轉身，看著我聳聳肩，嘆氣說，妳一直咬，一直咬，真不知道手指頭到底有什麼好吃的。

我咕咕地笑，說，好吃極了，要不要試一試。

姐姐搖搖頭，我記得爸爸媽麻曾說，如果有一天，小仙不吃手指了，就代表她們已經夠成熟，可以負起一定的責任了。

什麼責任？我瞪大眼睛望著姐姐。妳問清楚了嗎？

姐姐眼睛骨碌碌一轉，不太情願地說，那時候我當然苦苦追問他們，可是，他們說到時候我們就會明白。妳知道的，那些大仙迂腐得很，不到時候，才不肯透露一點口風。……我偷聽過爸拔媽麻的話，他們說，有些事，他們大仙可能也無能為力，還要看我們新的一代小仙有什麼樣的意願──就像人類一樣，下一代的價值觀影響未來……我也很想知道是

怎麼回事呀。

問圖小姐去！我建議。

她？你別看她外表年輕，可是骨子裡迂腐得很，跟那些古董老仙們一個樣，只奉行守口如瓶的原則。

那我們賄賂她！

連賄賂也沒有用——有一次，我用零花錢請她吃胡蘿蔔蛋糕，就是我請妳吃冰淇淋的那次——可是她就是不肯透露一丁點，只說時機未到。

胡蘿蔔蛋糕？我皺眉問，妳覺得她是兔子，就給她吃胡蘿蔔？一塊蛋糕裡面能有多少胡蘿蔔末，她哪裡看得上眼。可是，妳有沒有想過，能打動她的應該是別的東西，一張千古難尋的藥方，去 NASA 偷一套人類最尖端的製藥實驗用具，或者 Dior 新出品的漂亮的白裙子？總之要想辦法投其所好。

姐姐嘟著嘴說，妳以為我沒想過？可是，那些都不好辦到，而裙子也太貴了，我哪裡買得起。何況，她衣櫥裡早就囤積著那麼多白色的衣服，十隻兔子也用不了。而且，上次只吃了一塊蛋糕，就引來爸拔一

頓教訓，說什麼在人間，做事要正大光明，為了達到目的的賄賂是要不得的——在人間這是一種犯罪，許多人類就因為這樣的念頭被毀壞了。——而且，不要去毀壞圖小姐的道行，如果她碰巧對那些東西抵抗力低，中了妳們的道，修行會減少好多年，——不能這樣對朋友。

　　我說嘛！我得意地說，妳用對東西，她還是會上當的！

　　但是不可以啦。姐姐搖頭為難地說。

　　哦。我吐吐舌頭，那我們只好等著了。

可是，妹妹。姐姐將臉湊近我說，妳不覺得，整件事其實很容易嗎？妳，只，要，戒，掉，咬，手，指，的，習，慣，不就可以了嗎？

我嚇了一跳，連忙把手指塞回到嘴裡，露出害怕的神情，說，不會吧？一定要這樣才可以嗎？

姐姐長嘆一口氣，仰天躺下，說，沒有準備好的事，看來真的是急不得。好吧，我慢慢等妳。

我一面吃手指，一面問姐姐，妳不覺得不公平嗎？為什麼非要等我不吃手指，難道沒有什麼是妳可以做的，或者準備的？

姐姐只好小聲地說，還有我的修為，——他們說還要等我的修為夠了之後。

我說嘛！我得意地靠著姐姐躺下說，當然不全是我的責任，妳看，是不是？

然後，我問她，在人間，我幾歲？

四歲。

比起人間的小孩，我懂的東西夠多嗎？

姐姐看看我，搖頭說，不知道。

那麼四歲的人間小孩會吃手指嗎？我這樣問。

　　對於人間的事，姐姐露出茫然的神情。

　　然後，神奇的事情還是發生了，自從大黃貓來了之後，我突然沒有了咬手指頭的意願，原因很簡單，因為糖糖貓跟所有的貓咪一樣，無法避免有掉毛的毛病，我整天跟他混在一起，可不想把他的毛沾在手上吃到嘴裡去。糖糖貓有些得意，道，誰還能說掉毛是一種缺點呢？——看來那白鬍子老頭說得對，讓我跟妳們待在一起，讓我可以充分發揮自己的本事。

　　圖小姐聽了她的話，嘆口氣，我們知道她想勸說糖糖貓修仙的計劃一直還沒有能成功的跡象。這頭貓看上去太滿意自己目前的樣子了，一點改變也不想有。大概是與人類相處長久，他跟人類一樣有了一種莫名其妙自高自大的驕傲情緒，覺得自己的才是最好的——這也不能完全說是一種缺點。

11 | 友情

　　姐姐開始去人間的學校。她念小學，我在幼稚園。

　　小學比幼稚園早開學。爸拔媽麻和我一起在早晨送她坐校車，看她和其他小朋友一起排隊，她在最後一刻猶豫著回頭，然後我們同時揮手，希望給她一些鼓勵。我心中充滿了羨慕，不捨和同情，這是她第一次離開我們獨自應付一整天的人間生活。校車像某種巨大的野獸，低低地喘氣，然後慢慢開走。仙界沒有巴士，仙人是沒有團隊精神的一個族類，所以不使用公共交通工具，不是有個詞語叫做獨行俠嗎？仙人出行就是那樣，大多喜歡獨來獨往，比起人類的旅行來，

仙人講究效率，在點與點之間，瞬間來去，也很少花時間欣賞沿途風景，這樣的生活態度比起人類來的確略為古板。有時，小仙們也會一起坐在龍上，在雲層間翻飛，但龍也是一種獨立的仙物，他一旦厭倦了，便會毫無徵兆地撒下我們。相比之下，人間的交通工具要聽話得多，人類在製造工具上還是有一手——沒有靈魂的工具都很聽話。

　　第一天上學回來，姐姐看上去有點鬱悶，沒精打采地說，完全不知道是怎麼一回事。

　　我當然非常好奇，想知道學校的情形。姐姐卻皺眉問，朋友到底是什麼？連老師也說新的一年要多交新的朋友。在學校裡人人都有朋友，成群結隊在一起玩，我卻不知道應該做什麼，要站在什麼位置。不過一個人站著，怪難為情的，要不讓媽麻施點法術，幫我找幾個朋友。

　　爸拔和媽麻聽了，互相對視，連忙搖手說，要不得，要不得，在人間可不能隨便施展法術。而且，朋友也不能依靠法術去獲得，現在連狐仙也不會用她們

那些蠱惑人心的小伎倆來獲取友誼了。

那我要怎麼做？姐姐有點懊惱地追問。

不用擔心，過幾天習慣了人類的生活，自然就有朋友了。爸拔媽麻絲毫不擔心地說，做妳覺得應該做的事，妳希望別人怎麼對待妳，就怎樣對待別人。交朋友就像修行，別人沒有辦法告訴妳具體要怎麼做，慢慢地自己就明白了。

姐姐聳聳肩說，好吧，那就只有走著看了。她還是不甘心地抱怨，大仙們愈來愈懶了，跟大人們一樣，什麼事都說慢慢就明白了，明明有本事可以把我的生活變得簡單一些，卻不肯幫忙。

媽麻對這樣的指責吃了一驚說，人類的小孩慢慢長大，都在學習獨立生活，妳在人間學做人間的小孩，當然也要學會自己解決問題——其實也不是什麼大事嘛！人間小孩應付得來，小仙自然也不怕。

我好奇地問，難道人類比神仙更需要朋友？記得在仙界，大家都各忙各的，大仙也沒有鼓勵小仙多交朋友。

爸拔想一想說，我們在仙界的時候，也有朋友
——就像圖小姐——雖然有的仙人喜歡獨來獨往，但一
切都在變化當中，也許是需要作一些改變的時候了。
人類為什麼需要朋友——嗯，——妳不是常常想用法術
解決一些問題嗎？人間沒有法術，但是朋友之間的友
誼有時會像魔法一樣，實現許多不可能的事——一個人
的力量有限，幾個人在一起，力量就大了。妳以後想
做的事，靠妳一個人也沒有辦法做到，當然要依靠大
家的力量——要怎麼做，我們也沒有辦法告訴妳，——
就先從交朋友做起。

我們以後需要做什麼？姐姐警覺，笑嘻嘻地問，
我們在人間真的會有重要的任務？

爸拔和媽麻笑容可掬，異口同聲說，是妳們兩個，
也是我們大家。妳們需要做的事，到了時候，就會知
道了。

——又是到時候！我們失望地抱怨，這個謎底到
底要到什麼時候才能解開？

時光繼續流逝，我焦急地等待去學校的日子。到

了學校，終於有與人類小孩交手的機會，過招之下，我發現交朋友其實不難，要訣就是玩，只要會玩，玩著，玩著，就找到朋友的感覺了。

姐姐也一樣，不再抱怨朋友難交，只是她說在學校，除了玩，她還有正經事做，比如學習和工作——我知道那只是大孩子假裝正經說的話，她在學校做的並不比我高明許多。說到底，我們都是小仙——或者現在是小孩了——小孩做的事情自然大同小異。

有朋友固然很好，但是也有麻煩，我的小朋友之間經常會鬧小彆扭，今天你說不跟她玩了，明天她說不再理他了，但轉眼之間又玩在一處，玩著玩著，又開始爭執，反反復復。但是圖小姐說，人類就是這樣的，不用說小孩與小孩，大人之間也有這樣那樣的矛盾，就連國與國之間也會這樣孩子氣，今天你跟我決裂，明天又合好如初。人類的天性就這樣不甘寂寞，合久必分，分久必合。但是，圖小姐有點神祕地說，這些都不是重點，重點是人類遲早要為了相同的目的走在一起。

我上下打量圖小姐，她作出一副天真胸無城府的表情，我們問，圖小姐，妳跟我們到人世來，是不是還負責教習我們？要不然為什麼每次總愛滔滔不絕說大道理。

圖小姐不好意思地微笑，即不反對也不贊同。

姐姐說圖小姐其實也在忙著交朋友，可是這一次，圖小姐明明端坐在我們家的沙發上，似乎不忙於周旋在那些傳統的社交場所，手中拿的也不是喝雞尾酒的酒杯，而是人類的手機，兩眼盯著小小閃亮的螢幕，時而微笑，時而咯咯大笑，看上非常快樂——握著一部小機器就可以跟朋友傳遞消息，這就是人類新的社交媒體。

姐姐問，圖小姐，這些躲在手機裡的人妳都認識嗎？

圖小姐說，如果不認識，我怎麼跟他們有說有笑。再說，他們並不是住在手機裡。

姐姐說，我當然知道他們跟妳一樣只是握著手機傳遞消息，我問的是妳見過他們嗎？看見過他們的臉

嗎？

　　圖小姐指指螢幕上小小的圖像說，看，不就是這些臉？

　　姐姐嘆口氣道，這麼說，妳沒有見過他們本人，對不對？妳不怕被騙喔？爸拔和媽麻都說，要相信自己的眼睛，沒有親眼看見過的人，妳也能夠放心把他們當作朋友嗎？

　　圖小姐疑惑地眨眨眼睛道，這倒沒有想過，反正人間現在就是這個樣子，人類全都太忙了，所以沒有時間跟每個需要交往的人面對面。大概會有人欺騙或者被欺騙，但不要忘記，我在人世出沒這些年，經驗豐富，那些想使壞的雕蟲小技，我還懂得應付。

我好奇地追問，那麼在這跨渡幾千年的人間，圖小姐妳有沒有被欺騙過呢。

　　圖小姐的臉上出現一種少有的傷心神情，她說，很不幸，在人間出沒，偶爾被騙騙也算不上什麼吧。都是我道行不高。這種面對面也不能避免的事，在社群網路上即便發生，也不用太大驚小怪。

　　社群網路？這個？我指著她的手機，露出躍躍欲試的表情。

　　對。圖小姐卻舉起一根小手指，來回晃動說，不過作為正在學做人的小仙，最好不要爬到這些錯綜複雜的網上去，還是安心地跟妳們的小朋友手拉手玩耍好了。要不然我們為什麼要費那麼多周折移民到人間來？就是為了要讓妳們面對面地更好地瞭解人類啊。

　　所以，小孩子們要面對面才能交朋友，而大人交朋友卻可以把自己真正的臉孔藏起來？我這樣總結。

　　圖小姐搖頭解釋說，不是藏起來，這叫做天涯若比鄰，人類夢想了千年的願望終於成真，不用羨慕仙人的招術也能隔空傳話，交流思想。一面交流，一面

還可在社群媒體上，讓那友情變成眾人關注的對象，產生熠熠生輝的效果，覺得自己像明星一樣。

姐姐突然問道，圖小姐，妳還記得自己僅僅是一隻普通的兔子的時候是什麼樣的嗎？在那時候的人間，妳也有朋友嗎？沒有社群媒體的過去，一隻兔子要怎樣交朋友呢？

圖小姐一怔說，我自然是有朋友的。交朋友這種事，不是非社群媒體不可，友情是發生在雙方之間，有沒有別的目光關注並不重要。只要彼此願意付出時間，甚至不介意做出一些犧牲，就有友情作為回報。

犧牲？我好奇地問，跟我們講講妳朋友的事吧？那也是一隻兔子嗎？妳去了月宮，妳的朋友呢？難道留在了人間？

不錯，正是這樣。圖小姐不無傷感地說，他留在了這裡。不過，那是一隻貓。

我驚訝地用手捂住自己的嘴，同時同情地看看圖小姐，又看看正在呼呼大睡的大黃貓，彷彿有些明白，說，那麼多年過去了，人間完全不一樣了，那隻貓，

想必經過了一世又一世，如果不記得以前發生過的事，也不能怪他。

這時，本來在我們旁邊睡覺的糖糖貓像被踩中了尾巴，跳起來，慌忙地搖著腦袋，一疊聲地說，不是我，不是我，那隻貓不是我。

然後一溜煙地跑了，真不知道他在擔心和否認什麼。

圖小姐似乎已經不介意，看著糖糖貓消失的方向，吐了吐舌頭說，總有一天你會記起來的。

我突然覺得圖小姐和這隻大黃貓在這種企圖說服和斷然拒絕的交鋒中，彼此找到了巨大的樂趣。他們一起看時間流逝，即便因為意見相左而爭論不休，他們的友誼恐怕也因此開始，慢慢變得堅固不可破，而過去他們是不是相識，已經變得不再重要。

圖小姐像知道我的想法，呼出一口氣，對我說，可不是這樣，與朋友在一起時，就要好好享受。在人間，共度時光就是建立友情的最好的辦法。

我想一想，卻有些沮喪說，在學校，本來戶外活

動時間是跟朋友一起玩耍最快樂的時候，但是今天，老師卻說不能出去，因為空氣的質量不夠好，對身體有害無益。如果失去了一起遊戲的空間，以後大家都只能各自待在家裡，豈不是失去好些交新朋友的機會？──人間是怎麼了，是人類把自己周圍的空氣變成這個樣子的嗎？

圖小姐神色有些凝重地點點頭，遲疑說，很不幸，人間難免遭遇一些破壞，這只是其中的一部分而已，希望那些被毀壞的還在可以補救的範圍之內。

圖小姐的話讓我嚇了一大跳。

圖小姐說的這些話讓我覺得惶恐，而我卻沒有辦法跟我的朋友們分享，因為他們都是人間的純潔單純的小孩子，還沒有到達可以作一些嚴肅思考的年紀。

圖小姐說，在人間，朋友之間有一點保留是被允許的。

如此看來，圖小姐拿著手機與她的朋友們交流的時候一定保留了很多，應該沒有人知道她有一團藏起來的小尾巴這樣的事實吧。她的手機上畫著一個大大

的被咬了一口的蘋果，這個蘋果在仙界也因為人間的時髦而流行過一陣——年輕的仙人們手托一個咬了一口的蘋果，如同帶著一個寵物一樣到處閒逛，如果不明就裡的宅仙依樣畫葫蘆拿一個完整的蘋果，當然是會被笑話的。缺了一口的蘋果會牙牙學語，報告人間新聞，非常有趣。

姐姐比我幸運，她的朋友們年齡稍長，所以她不需要像我一樣裝出不懂事的樣子，她和她的朋友可以討論一些比較深奧的問題了，比如她們正在做的學校布置的功課——關於水和汙染的報告。

爸拔和媽麻知道了都說，簡直要刮目相看。

但是姐姐看上去興高采烈卻不是因為得到了爸拔媽麻的讚賞，而是因為她能和她的朋友們一起合作完成這個過程，慢慢建立起來的友情讓她覺得這個過程美好極了。

12 | 社交關係

　　糖糖貓有一大群貓朋友，他們在深夜的時候從咖啡館的後門溜進來，一面呼嚕嚕地吃圖小姐特別給他們留下的宵夜，一面聊天。他們自稱是這個城市黑夜的戰士或者使者，但大多數時候，他們不過是嚼嚼舌頭，聊一些八卦，城市裡留下來的野生動物幾乎沒有了，只有野貓還勉強符合定義，不至於讓城市動物版圖顯得太過悽涼，大多數別的動物，如果不是寵物，幾乎都住在城市的動物園裡，動物園也越變越小，有一部分地皮被開發商占用，將要建造豪宅。因此，野貓們抱怨著，覺得自己的感受在這樣的大城市裡完全

被忽視了。空間愈來愈狹小，不光動物覺得如此，對於人類來說似乎也一樣。野貓們一邊打呼嚕，一邊嘆息，同時看我一眼——他們對我沒有戒心，彷彿把我當成了他們的同類。貓的本性難移，難免愛說些調侃的話，最後索性說，他們仙人居然也搬到人間來，看來仙界也不太樂觀，不知道是不是人類遲早會把那裡的空間也占了。

害羞的神仙們有時在午夜才來，故意避開白天的時光，因為不想在人群之中不小心露了馬腳。媽麻覺得沒有必要在神仙光顧的時候掛出私人派對的牌子把人類阻隔在外，所以人類和神仙有時難免共處一室，這讓神仙們覺得相當新鮮。有些我們從沒有見過面的神仙也慕名前來，有些神仙已經很久很久沒有光顧人間，對這裡的各種變化覺得驚訝。

當然，光顧最多的是人類。這個城市裡的人們總顯得忙忙碌碌，坐在咖啡館裡也不悠閒，隨身帶著被稱作手機的小東西，好隨時瀏覽——那麼多信息在那樣小的螢幕上洶湧地來來去去，難免顯得煞有介事，

無事也忙。

有人帶來自己各種類型的藝術創作，要求借用咖啡館的空間作展覽；有人則四下打量，希望可以在這裡開派對或者辦沙龍，總之，咖啡館是一個社交的空間，而人類最喜歡相聚——看來人類大概難以適應神仙那種離群索居的生活，難怪在這個年代裡，人們大多不再憧憬成為神仙。

人來，人往，帶著各種不同的欲望。我跟姐姐坐在咖啡館裡的時候，覺得我們真正到了人間，四周都是應接不暇的喧譁。我們被當作人類的小孩，咖啡店的客人會與我們打招呼，總是問小孩子一些幼稚的問題，然後彼此之間討論一些他們自以為嚴肅高明的話題。當然，他們不知道，我與姐姐不僅聽得到他們的聲音，也明白困擾他們的那些快樂和煩惱。

人們坐在咖啡店裡，關心著自己的得失和感受，與喜愛的人在一起就顯得雀躍；碰見不順心的事就傷心甚至憤怒；換了新的智慧型手機也會沾沾自喜；穿著名牌的衣飾就覺得自己光彩照人。不過，他們最在

意的是身邊一公尺之內發生了什麼，而外面世界起了
風下了雨，他們卻只願意躲在屋子裡。倒是糖糖貓的
貓朋友們常常互相傳遞著來自市井的小道消息，同時
擔心世風日下。他們說，市場裡的小魚有一股水銀的
味道，那是因為海洋被嚴重汙染了的結果；海貨街掛
著的魚膽是走私客運來的貨色，那種魚如果再捕殺下
去，恐怕要絕種了；他們自己的皮毛和鼻子也都時時
發癢，因為空氣沒有多年前那樣清香，連貓也容易過
敏；還有，水也不好喝了，雖然貓不需要喝太多的水，
但是自來水中那一股濃烈的漂白劑的味道是怎麼回
事？所以貓們議論著，連貓也覺得不舒服的世界，人
類怎麼可以忍受呢？

　　在幼兒園的課堂上，我們其實談過這些話題，老
師嚴肅地告訴大家地球正在慢慢地生病，如果我們再
不愛護地球，那將無藥可救——然而，大人們一面在
學校裡教導小朋友對與錯，一面在他們自己成人的世
界裡繼續為所欲為，忘記了要遵守自己信誓旦旦說過
的話。

有一天，我問姐姐，妳覺得人類世界未來會怎麼樣？

她脫口而出，聲音清晰響亮說，愈來愈壞噢，只有更壞。

當時，我們都在媽麻的咖啡店裡。爸拔在用一部蘋果電腦看密密麻麻的文件；媽麻與一位年輕的藝術家面對面坐著，長髮的年輕藝術家把幾幅油畫畫框堆在腳邊，正說得眉飛色舞；圖小姐也在，與幾位年輕孩子細聲說著什麼有趣的事，常常得體地微笑；糖糖貓在門邊睡覺；還有幾桌別的客人——這個時間到咖啡店來的看上去都是附近大學的學生，徘徊在孩子和大人的邊緣的大孩子，用煞有介事的姿態坐在咖啡店裡，大多埋頭看著自己的手機，其中一位在書架前來來回回地走動，好像一直選不到合適的書籍。

姐姐的話讓他們全都大吃一驚，抬起頭來，詫異地看著她。姐姐有點不好意思說，不是嗎？在學校裡，老師總是說空氣汙染指數太高，小朋友不能到室外活動，也沒有別的好辦法，這樣下去，空氣當然會愈來

愈壞。

　　年輕人們聽到這樣的解釋，好像都鬆了一口氣，覺得既然說的只是空氣，而不是這個世界會愈來愈糟，所以沒什麼了不起，於是繼續埋頭忙東忙西。而爸拔，媽麻和圖小姐卻互相交換著眼神，好像交換著祕密，慢慢地臉上露出欣慰的神情。爸拔說，終於自己意識到了這個問題。這是個開始。

　　什麼事？我問，要開始做什麼？

　　媽麻若有所思，點點頭，也有些擔憂的樣子說，很快我們就知道了。

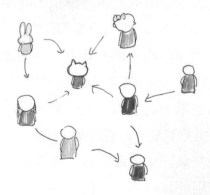

13│不太平的一年

　　人間一切很美好，我喜歡晝夜更替，四季交接，做每件事都有一個過程，一個微笑換另一個微笑，大人們都跟小朋友說著世界要充滿愛。姐姐和我常常在天空萬里無雲的日子，一起研習人間小孩中流行的樂器──小提琴。我們漸漸習慣不使用法術，而僅僅依靠勤奮練習，居然也能超越施展法術所能達到的境界。練習的時候，我和姐姐也會時常抱怨，覺得辛苦，但是有了進步，果然是件值得高興的事。媽麻說，那叫做成就感。人間真是盛產成就感的地方。

　　其實在過去的一段日子裡，仙界早就承認人類有

絕對資格具備成就感。神仙們時時感慨說，看看他們的進步，看看，看看吧。圖小姐也說我們很幸運，在這個時代來到人間，可以享受人類發明的所有物質生活的方便，比起她來過的古代，這裡已經相當接近神仙的生活。我聽得出神，於是姐姐也湊熱鬧說，可不是，過去以馬代步就了不起了，現在飛機也不算什麼，還有無人駕駛的，車也如此。據說，人類已經開始算計要離開地球去別的星際——嫦娥姐姐遲早要做好開始接待地球旅遊團的準備，雖然會有些吵鬧，但是那怎麼說也是她的同胞，會讓她覺得親切吧。

我於是得意洋洋地說，看來，人間大約不會有太值得我們仙人擔心的地方，仙人完全可以放心，即便是大規模遷徙回到人間來也沒有問題。

聽了這樣的話，圖小姐卻面有憂色。

難道不是嗎？人類的這些成就不是對他們自己也是對我們的最好保障？我疑惑地問，真不明白仙人們還為什麼要對搬回人間這件事舉棋不定，小小的空氣汙染，也許沒有什麼了不起吧？

圖小姐嘟嚷著說，不要為難我，我可不想說些失望喪氣的話。她想一想，欲言又止，走到鏡子前，打量自己，彷彿想從自己的影像裡找到可以說服自己的答案。忽然之間，鏡子裡圖小姐的長辮子變成了兩個小圓髻，圓髻中間別了一朵小花；但片刻又變成俐落的短髮樣子；然後又變成人類七十年代流行過的叛逆大爆炸頭，一根根頭髮捲曲得像燒焦了一樣，完全跟她的氣質不搭配。圖小姐如果心中焦慮的時候，就會變成這樣——因為太過徬徨，不能決定自己的造型，結果把自己變得亂七八糟的。她嘆口氣，等心情略為平靜，髮型也終於恢復成筆直的知性模樣。她轉身時候，遲疑說，人類所做的一切，多少都是有代價的，只是他們自己看不見，或不想看見而已。

　　我和姐姐看著她從鏡子前轉身，望著我們，卻不說下去，她臉上的困惑，讓我們覺得相當不安。

　　果然，接下來，這個人類的世界就發生了幾件不妙的事。

　　先是北方之國發生地震，地震引發海嘯，撞塌了

海邊的核電站，然後發生了讓人類驚惶失措的核能外洩。因為害怕食品受到汙染，周邊的人們開始搶購囤積食品，然後沮喪地守著那些食物，擔心著未來的日子。

極南之隅，天氣反常變暖，大片冰山突然融化，把那裡生活的企鵝逼入了絕境。保護動物組織出動大批人員去搶救極地動物，但是卻阻止不了冰山繼續融化。

西方之地發生大規模森林火災，熊熊大火幾乎蔓延到城市當中。

東方突然在春天出現極寒天氣，大量作物被凍死，嚴重影響到糧食收成，各國要將儲備傾囊而出救急。

這還不是最壞的，當人們打算慢慢忘記這些地域性的不幸災難時，又傳出了來年天氣將極度異常的警報。

這是我從來沒有想到會發生的事。姐姐不是說過我們已經到了以人類為榮的時代了嗎？

姐姐遲疑地說，大概這些都是光榮的代價，人類

不是常常說，有付出才有收穫嗎？但這樣的回答連她自己也不能滿意，於是她期期艾艾地問爸拔媽麻我們是不是要回仙界去了，以往不是每當人間失控，仙人們就會大規模地撤離？這次，幸虧回來的只有我們，要走也容易得多。

實在不行就只有這麼辦了。爸拔和媽麻看上去憂心忡忡地回答。

大黃貓坐在我們身邊，半瞇著眼睛，默默地聽著我們說話，尖尖的耳朵像被無形的手微微往後拉伸，彷彿因為不敢相信聽到的話，所以要拉長耳朵努力聽得更清楚一些，同時圓滾滾的毛臉上也露出了失望和憂傷的神情。

不行！我突然握著拳頭，大聲叫道，我不要走。

糖糖貓被我的話驚醒，眼睛一下子變得滾圓。

姐姐奇怪地問，妳不是一向不愛做人嗎？這下回去了豈不是順了妳的意？記得剛來到人間的時候，妳剛剛開始學習人類的語言，最喜歡說的就是「再見」這兩個字，不管看見誰，一開口就大聲說「BYE-

BYE」，聲音宏亮，常常把人嚇一跳。

　　我理直氣壯地說，那是以前，這是現在，我已經不隨便說再見了，而且我也不咬手指頭了。我不要就這樣回到仙界去，這樣一走，再回來的時候，人間又過了十來二十年，甚至成百上千年。我喜歡這樣的人世，這裡有大家，還有我們的糖糖貓，我已經開始喜歡這裡的生活，我要住在這裡，哪裡也不去。

　　姐姐聳了聳肩說，果然，他們說得沒錯，人間就是這樣一個危險的地方，明明不十全十美，卻讓人戀戀不捨。實在不行，就叫搗藥兔找一枚忘塵丸來也是一個辦法……但是，連我也覺得心中開始不捨，不想就這樣離開，這是我們應該保留在心裡的感覺嗎？

　　爸拔和媽麻交換一下眼神，不知為什麼，口氣有些欣慰說，心中有感情，就留在心裡好了，千萬不要有吃忘塵丸這種要不得的想法。感情是人間特有的，在仙界卻找不到的寶貴的情感。有的仙人不屑有感情，但是這卻是一種修煉幾千年也修煉不到的境界……想不到你們在人間短短的時間，就漸漸掌握了這種複雜

飄渺的感覺了。

那我們還要離開嗎？我追問。

這個嘛。媽麻雖然還是憂容滿面，但鬆口說，讓我們再看看吧。

我心中鬆了口氣，但還是覺得有些沮喪。天空濃重的雲密密地籠罩下來，那天邊黑沉沉的幾朵好像恐怖的怪獸正在慢慢逼近。姐姐說，人類有句話叫恨鐵不成鋼，這就是我的感覺，我好希望人類可以立刻做一些什麼。

但奇怪的是，周圍的人類卻好像慢慢變得無動於衷，只過了數月，就好像已經忘記了年初時候發生的大事，對於氣候異常也抱著見怪不怪的態度——他們說生活總要繼續下去嘛！有的人甚至說，難道沒有聽說過狼來了的故事嗎？放羊的小孩，總是調皮，在狼沒有來的時候，高唱著狼來了的曲調，結果，狼並沒有來嘛！我有些糊塗了，難道他們忘了故事的真正結局，在那個故事裡，凶惡的狼，最後真的來了。——圖小姐看著我，說，沒錯，正是這樣。

　　圖小姐抱著自己的肩膀站在我們家的陽臺上，看
著山下燈火通明的城市樓群，她輕輕吐出幾個字，說，
美麗而不能長久，任性而不負責任。

　　我問她，妳是說人類嗎？

　　圖小姐不直接回答我的問題，而說，危險不是最
可怕的，可怕的是自私和逃避責任。

　　我追問道，難道人類真的是這樣的？

　　但願不是。圖小姐看上去有些鬱悶的樣子。

　　於是，我打算留意觀察一下，在各種風雨之後，

危險的徵兆已經明顯，災難的警報也已拉響，在這種時候，人類到底在做什麼呢。

　　然而人間看上去熱鬧如昔，還是歌舞昇平。人們看上去仍舊按照自己的習慣和意願，堅強地生活著。當然，他們對周圍發生的一切並非完全視若無睹，當然採取了一些他們自以為聰明的應對辦法──人們去商場買帶有機標籤的食物，用手機和網路互相傳遞有關飲食健康的心得。

　　姐姐從網路估狗大神那裡找到了很多人類的養生祕訣──比如燕麥可以吸走多於的脂肪，臭豆腐會毀壞美麗的容顏；空腹不能吃橘子、香蕉；吃了一包速食麵，肝臟要解毒整整三十天；紫菜可以讓雙腿變瘦；芹菜能美白漂亮的牙齒……──這個單子無窮無盡，看得我眼花撩亂，心生佩服，不過同時也開始同情人類──為了所謂的健康生活，他們居然需要花那麼多心思。

　　姐姐說，或者這也不是壞事，至少代表了人類天性好學愛專研──比如他們也會致力找出各種食用油的沸點，好決定用哪一種炒菜最不會影響身體機能的

平衡，以便安排有益身心的三餐。——看來他們是打定了主意要好好愛護自己的這副身軀。

姐姐這麼說，我表示同意，因為當我經過我們居住的公寓的健身房時，我總是看見人們在努力地鍛鍊著，揮汗如雨地跑步，努力舉重，勤練瑜珈，甚至靜坐冥想。人類應該是意識到只注重飲食，還不足以對抗惡劣的生存環境，所以希望通過鍛鍊，使體魄變得強壯，並且用靜坐來淨化身心，然後就能應付各種不同的危險狀況了。

其實，人類的鍛鍊，與仙人的修煉也有些相似，尤其是靜坐——仙人也會用相同方法提高自己的修為。圖小姐當然懂得怎麼做——在氣氛優雅的小房間裡，上一炷檀香，讓輕煙冉冉向上，她自己則沉著地盤膝而坐，眼觀鼻，鼻觀心。有一天，我與姐姐推開小室的門，跟糖糖貓一起，往裡面張望，看見圖小姐正處在完美的和諧狀態之下，毛茸茸的兔子臉露出莊嚴的神色，耳朵高高豎起，漸入佳境，她的身體緩緩上升，小小尾巴變得蓬鬆，細細的絨毛微微垂下，讓那尾巴

的形狀如同小小水滴，而尾巴尖彷彿負起了協調整個身體重量的責任──她正處在宇宙的超級平衡當中，緩緩吸氣，吐氣，儘管身體微微地搖晃，但是總是不會偏離尾巴的那個支點，慢慢地頭頂的毛髮也站立起來，微微地飄過來，飄過去……但是，一瞬間，那細小的毛髮突然失去了整齊劃一的韻律，措手不及地開始雜亂無章地飄舞，耳朵也開始劇烈晃動起來，彷若激烈音樂下，失控瘋狂跳舞的人類青春期少年的動作。圖小姐臉上露出驚慌的神情，意外的衝動終於在她的努力對抗，慢慢平靜下來，只是尾巴一歪，圖小姐身子緩緩掉落下來，結果重重摔在地上。

　　我和姐姐見狀，忍不住笑起來，一笑就不可收拾，差點岔了氣。而糖糖貓因為驚訝，瞳仁瞪得只剩下一條線，然後喵嗚一聲跳起來，好像被踩到了尾巴，顯然他想要對圖小姐表示同情，而變得不知所措。

　　圖小姐從地上爬起來，生氣地拉開門，坐在地上呼呼喘氣道，嚇死我了，妳們居然還笑？真是差一點就走火入魔，好險。

姐姐有些擔心，不再笑話她，摸摸她的長耳朵，說，嚇得原形畢露，變不回漂亮的樣子了？

圖小姐摸摸自己的毛茸茸的臉，醒悟過來，訕訕地變回人類的模樣，順便撣一撣身上的灰塵。

糖糖貓嘆了口氣說，妳看，成了仙，也還是難逃各種煩惱，居然還要擔心走火入魔，何苦來著。

我拍拍大黃貓的頭，讓他閉嘴，然後拉著圖小姐，追問究竟發生了什麼事。

圖小姐不好意思道，剛才碰到一股電磁波，力道怪強的，穿牆而過，我們仙人打坐，最怕人間輻射，差點壞了我的修為，幸好發現得早。

大黃貓骨碌碌轉著眼睛好像在四下尋找，我也伸出手，試圖尋找圖小姐說的那電磁波的蛛絲馬跡，彷彿感覺有細微的風穿過手掌。我說，也沒有什麼嘛，不痛也不癢。人類難道怕這個？

圖小姐說，沒錯，對人類來說，這些輻射來的時候都是不痛不癢，甚至毫無感覺，但是，日積月累，後果就有些嚴重了——會讓人類生病的吧。

姐姐說，人類真可憐，一面想盡辦法要找到健康的生活方式，但是總有看不見的隱患伴隨左右。除了電磁波，大家不是都說，環境被破壞得太厲害，如果地球得了不治之症，人類當然也躲不過悲慘命運。

　　我問圖小姐，既然擔心的是生病，圖小姐不是最擅長製藥了？為什麼不能搗鼓出一些藥丸來，分給生病的人類，豈不是天下太平。

　　圖小姐卻搖頭說，我的藥治不了所有的人間的毛病。而且任何藥也治不了一種叫做自私的病徵——只顧自己，只看到眼前——很多人間的問題不都是因為這樣來的？人類愛護自己，沒有錯，但是總是忘記要愛護那所有人共享的一切，那不也是他們自己的一部分嗎？

　　大黃貓呼嚕嚕地表示贊同說，雖然我不想成仙，但是，我同意妳，人類應該要愛護生存的空間，因為那也是我的空間。

14 | 洪水的傳說

　　選在大風大雨，城市裡掛起八號風球的日子請各路仙人來開派對，也許是故意的吧。

　　在這樣的天氣裡，這個現代大都市裡的人們都躲在室內，盡量避免與惡劣的天氣正面相對。人類是脆弱的生物，在劇烈的氣候變化面前總是顯得像無助的孩子。西太平洋的熱帶風旋以橫掃一切的姿態向這個城市呼嘯而來，開始下雨，我也聽到風的聲音，好像要狠狠拔起幾棵大樹才會善罷甘休。糖糖貓瞇著眼睛坐在咖啡室的玻璃窗前，望著被雨不停沖刷著的窗戶，不停地皺皺鼻子，好像在擔心那玻璃窗會整塊被掀掉。

不錯，不少高層公寓的玻璃窗已經被貼上了交叉成十字的膠帶紙——風的力量真的有可能把玻璃也震碎嗎？真是讓人擔心。

這條街上所有別的店鋪都已經打烊，只有我們這裡燈火通明，風雨愈來愈大，我們的客人卻陸續出現了，他們穿過玻璃門，玻璃的分子因為被穿透而挪動位置，發出細微的嘶嘶聲，糖糖貓嚇了一跳，站起來，弓起背，退到一邊去，穿著不同服飾的仙人們魚貫而入，糖糖貓下意識抖抖身子，好像身上被濺到了水滴——其實仙人們從連結此岸和彼岸的入口進來，正好避開了外頭如注的大雨——不過，大黃貓還是像不樂意被打擾，裝模作樣舔舔身子，順便洗了一把臉。爸拔和媽麻在門口迎接客人，向每個客人問好。土地公公是最後一個進來的，走過糖糖貓身邊的時候，摸了摸他的腦袋，隨口問道，這是正在修行的九尾貓嗎？怎麼還只有一條尾巴，要努力了啊。

糖糖貓有些生氣，翻著眼皮說，我才不稀罕當長生不老的九尾貓，我也不需要修行，我只要做我的快

小仙

樂的普通田園貓就可以了。

土地公公這時認出他來，高興道，我們見過，這不是糖糖貓嗎？

大黃貓卻不高興地說，都是你，害我現在整天與這些自以為是的仙人混在一起，還有一隻煩人的兔子整天要勸我成仙。

土地公公低咳數聲道，呵，呵，你跟那隻兔子終究又碰到一起了？

糖糖貓不解道，你說什麼？難道我跟那隻兔子真的以前就認識？這不可能！不過，就算認識也沒有什麼，她想說服我修仙，可沒有門，我過得好好的，可不想自找麻煩。

土地公共還是笑嘻嘻地說，哈哈，原來你覺得成仙是自尋麻煩。

我走過去，把糖糖貓抱起來，發現在整個咖啡室裡，眾神雲集，只有糖糖貓不帶一點仙氣，難得他仍舊一副很自在的樣子，彷彿做一隻普通的貓是相當值得驕傲的事，他繼續瞪著大家，一副不容眾神小覷的

表情。於是，一位穿長袍看上去優雅美麗的希臘女神卻酸溜溜地道，嘖嘖，在人世，連貓的自我感覺也這麼好，都不把神仙放在眼裡了。

人類自我感覺那麼好，自然對風風雨雨也無所畏懼了，我們何必太替人類操心呢？那位女神說的話像是要挑撥離間，自然讓別的神仙也開始抱怨起來。神仙其實都缺乏心眼，很容易激動，頭腦也天真簡單，最容易跟著別的神仙的思路附和起鬨。

這雨下得簡直像是洪水的先兆。土地公公走到落地窗前，望著外面水淋淋的世界，對媽麻說，然而他說話的時候中氣十足，雖然室內吵吵嚷嚷，但是每一位神仙還是都聽到了他的聲音，突然靜了下來，一時只聽見外面嘩啦嘩啦的雨聲——那雨水從天而降，簡直像一堵牆，看上去倒是頗為壯觀。

但幾秒鐘之後，嗡嗡的說話聲又響了起來——洪水，洪水？洪水！……有人竊竊私語，有人大聲嚷嚷，洪水這個詞顯然使許多神仙受到驚嚇，露出脆弱的一面——但是神仙為什麼要怕洪水呢？而姐姐捂住耳朵，

分明覺得周圍聲音太過吵鬧，但是所有的神仙都激動起來，有的甚至露出惶恐的表情——洪水簡直要變成這次聚會的主題——本來就是這樣嘛！圖小姐走過我和姐姐身邊的時候，將手放在我們肩上，輕聲在我們耳邊說，這可不是為了好玩才召集的派對。大家聚到一起來，正是為了聊一些嚴肅的話題。

洪水來了，洪水來了，洪水又要來了。不知哪位膽小的神仙用尖細而且顫抖的聲音尖叫起來，口氣大驚小怪，彷彿那些長久居住在仙界的象牙塔裡，長期沒有見過大世面，因此跟不上人間時代的頑固仙人。

我忍不住說，這只是下雨，並不是洪水呀。

土地公公走到我旁邊來，說，小仙閱歷少，不知道以前的事也不奇怪。人類的《聖經・舊約》裡就有記載，當年，在一個叫做諾亞的人六百歲的時候，人間連下了四十晝夜的大雨，下著下著，大雨就變成洪水了，結果只有少數的動物和人躲在叫做諾亞的船上才躲過了大難。

　　我不服氣，篤定地跟他說，但是，這次，人類的氣象預報已經預測，這場颱風明天就會過境，這邊很快就會恢復到晴朗如初的天氣。

　　好好好。土地公公耐心說道，就算妳說得對，人類有了預測天氣的本事，但是洪水這次不來，可保不定下次運氣也這麼好。人類出了大問題的時候，總是以一場洪水告一段落，我看這次也不能倖免？──我說的不是今晚的這場雨，而是這個時代。

　　圖小姐遲疑地說，也未必有這樣嚴重吧？洪水是可以治理的……

土地公公不悅地看她一眼，我知道妳想到的是哪一場洪水。那也是某人自作聰明惹來的麻煩。妳為什麼不去問妳們嫦娥，她會不會原諒那始作俑者呢？

　　我和姐姐愈聽愈不明白，圖小姐也攤開兩隻手，朝土地公公作出愛莫能助的表情，表示這個謎題還是有勞土地公公的大駕來解釋。

　　土地公公卻嘆口氣說，你們自己的故事，別人怎麼講得清楚。然後他仰頭沉思，終於建議道，還是讓我們來跟小仙講講人類歷史上有記載的洪水故事吧，她們的知識實在是太貧乏了。小仙如果不知道過去，又怎麼能夠應付未來呢？

　　姐姐辯解道，這有什麼難的，您說的是什麼洪水？讓我去拜拜人類的估狗大神，便立刻能變得知識淵博了。

　　眾神譁然，紛紛說，作為神仙，有些知識還是要藏在自己腦子裡……不是嗎？……估狗知道的還不是人類教給他的，何況人類也未必什麼都知道，有些事，還是我們神仙來講最清楚──人類有時候是最糊塗的

一種生物，總是把自己的猜測當作是真實——我們給
小仙講講過往的那幾次洪水吧，誰先開始？

　　希臘來的神仙當然迫不及待想要表達，他們推舉
出以為長相最有說服力，聲音最宏亮的神仙，他昂然
站在屋子中央，讓自己的長袍彷彿迎風飄舞起來，好
增加演說的分量，他開口道，請先容我簡單講講人類
傳說中由於宙斯發怒引發的那場洪水——其實那不是
宙斯的命令，但是人類的世界那時候道德敗壞，心中
羞愧，以為那是自己應該得到得懲罰。但是，不管怎
麼樣，那洪水摧毀了整個人類世界的文明，只有普羅
米修斯之子杜卡利翁與潘朵拉之女碧拉得以倖存。在
那之後，人類文明又重新開始漫長創造的過程，真是
讓我們神仙等得好不耐煩。這也不是唯一的一場洪水，
在一萬三千年之前的北美大地上，巨大的融雪湖阿加
西湖決堤，引發洪水，之後整個地球因此變得天寒地
凍，變成連我們仙人也不想涉足的地方，千萬年後，
環境才有所改變，人類才又重新走回發展的正途呢。

　　其實抹去一切的洪水在東方也發生過——

土地公公接口道，東方有過好幾場大水。有個叫司馬遷的人寫過一本書，叫做《史記》，其中一卷〈夏本紀〉裡記載了帝堯時候的一場滔天大水，後來帝舜花了十三年時間築堤治水才控制得住。土地公公停一停，對臉上塗著圓圓的腮紅的狸子仙說，妳們那邊也有白髮水的傳說，是不是？另外，西南群島南端波照間島的人類之間也流傳著關於大水降臨的可怕故事——那是海嘯。每一個地方的人類都有一些關於洪水的記憶？就連世界之顛，海拔最高的地方也不乏關於洪水的傳說。

然後土地公公若有所思，對一位長著一把大鬍子的希臘神說，科俄斯，我只看到這些發生在我的土地上的事，但是對背後的原因，還是由你來講吧。你是智慧之神，說的話想必有真知灼見。

姐姐插嘴問，難道過去發生的洪水，不全是因為人類做錯了事，要受到懲罰？

大鬍子神仙科俄斯道，小仙說得沒有錯，人類固然是一種會經常犯錯的生物，但所幸心中還有善惡之

分，也知道反省，所以一旦碰到無法解釋的事，往往會心虛自責，以為是報應受到懲罰的關係──常常一廂情願相信是天上神仙有心懲罰──但事實上，我們仙人悠然過著自己的日子，哪會喜歡無端干涉人間的和平呢。地球運轉有自己的規律，便是地球溫度的冷暖也有自己的自然週期和規律。人類碰見洪水，有的時候真的是運氣不好。

我聽他這樣解釋，便大大鬆了口氣道，既然神仙沒有要懲罰人類降下洪水，還有什麼可以擔心的？

另外一位漂亮的女神不知什麼時候站在大鬍子神仙旁邊，她頭戴戰鬥之冠，手執長矛和裝飾有美杜莎的頭顱的埃癸斯神盾，圖小姐悄悄跟我說，妳聽這另外一個智慧女神怎麼說。

果然，這位優雅的女神從容地開口說話道，圖小姐說得對，時代不一樣了，在許久以前，人類也許沒有能力參與自然規律的改變，但是這個時代的人類已經有能力可以參與改變這個自然界的一些規則──當然，誰不想要把這個地球變得更適合自己生存。也許

他們取得了一些小小的勝利，比如用水壩控制洪水，比如把苦鹹的海水變淡，比如建立那些供電的核電站，只是，他們洋洋得意，以為自己正在征服自然，可是卻總是忘記，或者故意忽略自己破壞的能力。做得太過分的時候，那自然界的平衡倒塌下來，本來不應該來的洪水就變成了眼前的危險。

我一下子跳起來，吃驚地問，危險？難道眼下就有洪水會發生？

這位女神於是露出清朗的微笑道，雖然不是迫在眉睫就會發生，但誰說那危險不存在呢。當年阿加西湖由於天氣變暖，過多融雪外溢，流入海洋，鹽分濃度的微妙變化阻止了低緯度地區的溫暖洋流流向高緯度地區的寒冷地帶，從此地球進入嚴寒時代。妳可不會想這樣的事情在這個時代再發生，但是此時的人類因為各種汙染造成溫室效應，地球溫度升高，氣候異常，冰川融化，可能由此產生的災難誰說不會更大呢？也許像以前一樣，先是洪水，然後全球溫度也將隨之驟然下降，到處冰雪覆蓋，造成顆粒無收的飢荒，到

那時候地球可能真的又變成完全不適合人類居住的地方，生命起源要重新開始。

圖小姐走過來，把我抱起來，坐在她的腿上道，小仙，時代不一樣了。這個時代的人世，實在太有趣，連我們仙人也捨不得讓她被洪水沖得無蹤無影，那樣的話我們到哪裡去尋找這樣現成的適合仙人消遣玩耍的地方？

你們不是說可能嗎？所以這一切只是可能？姐姐也有些著急地問。

爸拔與媽麻在一邊竊竊私語，好像計劃著什麼。人類呢？人類在這樣風雨交加的晚上都在做什麼呢？是不是已經有人打算作出防範的準備？

土地公公走到大黃貓身邊去，問，你呢？糖糖貓，你有沒有一些擔心？

大黃貓翻翻白眼，卻反問，你們吵吵嚷嚷說的洪水，到底是指一場真正的大水，還是別的文明的災難？——人類不是愛用比喻嗎？我應該擔心的到底是哪一樣？

眾位神仙聽了面面相覷，圖小姐走過去，拍拍毛茸茸的貓咪說，我們自然希望那沖毀人類文明的洪水永遠也不要來，你說對不對？

　　糖糖貓呼嚕嚕地表示同意，而所有的神仙因為圖小姐的這句話好像找到了共識。長袍飄逸的希臘神仙舉一舉手中薄如蟬翼的晶瑩酒杯，遲疑地說，為……人間仙界所有的和樂太平……

15 | 廣漠的人間

　　那次雨夜的派對到天亮才結束。神仙開會到最後通常都會忘記開會的初衷，據說是因為需要討論人間是否會馬上產生大洪水的危險而召集的聚會，到最後神仙們都因為別的原因很盡興地離開──有的因為充分表達了自己的意見；有的因為見到了故友；有的因為偷嚐了人間的美酒和奶酪，但是對於本來要討論的題目卻暫時沒有結果，甚至有人說這原本不正是這一家仙人的職責──讓他們在這裡看看清楚，再來告訴我們吧。

　　真是沒有辦法，神仙本來就是這樣，心中不打算

藏著憂慮，來去無牽掛，而留下來的我們只好繼續操心。糖糖貓取笑我們，變得跟人類一樣，愛管閒事，自尋煩惱。可是我覺得自從來到人間，人間事正慢慢變成了我自己的事，心中有奇特的渴望，好像有無數力氣想要使出來，卻不知道要用在什麼地方。糖糖貓呆一呆，似乎感應到我的想法，用他的腦袋蹭我的腿，表示滿意。

當派對結束後的第三天，爸拔和媽麻突然宣布要參加人類的志願隊，與人類一起去地球各處考察生態。

爸拔以前也出過差。起初，我看見他提著行李出發去機場的樣子，以為他一個人去度假了──我們全家不是也跟人類一樣，曾經提著大小的箱子，興致勃勃地出發去旅行？──但姐姐告訴我，出差與度假是不一樣的，以工作為目的出差可不是為了休閒。

我問爸拔，所以這趟旅行應該算是出差？

爸拔說，是呀，考察生態本來就與垃圾處理有關。

我問媽麻，妳的咖啡店呢？

媽麻說，瞭解外面的世界，比坐在咖啡店裡聊天

更重要。

於是，他們就出發了。

他們出差的時候留下圖小姐陪伴我們。

我問圖小姐，什麼是志願者。

嗯。圖小姐沉吟著說，志願者就是自發組織起來，大多沒有官方背景，願意對這個人間社會的某一個部分負起責任，付出自己的時間和貢獻，而不會接受任何物質報酬的人們。

什麼是官方背景？我好奇的問。

圖小姐說，官方背景就是由人類的政府出面囉。

姐姐好奇插嘴說，喔，我知道政府是什麼。但是生態考察這種重要的事情不是應該由人類的政府出面組織嗎？人類的政府不是一直口口聲聲說自己是人間最不可少的機構，管理著所有人世大事嗎？

糖糖貓懶洋洋伸個懶腰，道，大多數時候人類的政府有更重要的事情要處理，比如劃分疆域，爭奪資源，發動戰爭……當然他們也會兼顧地球的生態，但誰知道呢？他們總是被那些更為緊急的大事絆住了腳。

總之，我清楚得很，他們永遠也不會有空來過問我們貓類的感受。假使他們來問我，我會告訴他們我對海貨街出售的魚翅已經忍無可忍。

　　為什麼？我奇怪地問。

　　糖糖貓說，人類若把這些魚類都逼得滅絕了，我們貓類要怎麼跟後代交代，難道要告訴他們，我們美食譜上的那些名詞都已經變成傳說了？

　　爸拔媽麻出發時帶著人間的手機，隨時發回影像和報告，由圖小姐整理，然後再發回到仙界去，讓神仙們可以全面地瞭解人類世界的現狀。爸拔媽麻的發現，儘管以我的標準來說，件件可以算得上是年度重大事件，不亞於當年人類的哥倫布發現新大陸，只是如今這些發現可不會讓人類覺得自豪和意氣風發。

　　在過去這一年裡，我們居住的城市彷彿是一個美好世界的樣板，但原來這只是一個裝在玻璃盒子裡的理想模型，脆弱不堪。人們用自己的智慧創造這樣的城市，把最好的理想建造在這裡，用所有的資源來澆灌，不斷索取和消費，把燈光點得更亮，把

音樂奏得更響，以為盛宴永遠不會終止，認為自己已
經成為當然的主宰，相信自己願意相信的，把恐懼埋
藏在幻覺裡；可是在遠方那個更為真實的世界裡，焦
慮的鼓聲已經響起，任何過分貪心的要求，最後都將
無法被滿足；不知道感恩的索取終將付出代價。如
果無法共同創造，也許只有一起走向毀壞。這世上的
一切相輔相成，我們作為小仙也都已經明白，人類
的世界如果垮掉，神仙的世界也將傾斜──沒有人類
信仰支持的神的世界有什麼樂趣可言？

在爸拔媽麻傳回來的報告裡，遠方的世界的確看上去不太妙。有的地方乾旱，儲水的水庫變成了見底的陸地，本是冰雪覆蓋的山頂已經露出光禿禿的岩石；另一些地方，熱帶雨林也正在成片消失，取而代之的是大片乾草原，悲劇性地失去了調節氣候的能力，於是龍捲風和颶風便毫無阻擋地席捲而過，給遠方的大地帶去強風和大雨，洪水吞噬土地，帶去疾病，但是傷腦筋的是乾旱的地方依舊雨露不降。因為氣候正在失去平衡，均勻的降水變作了那神話傳說裡的往昔極樂時光。

　　而在原本應該遠離人類的動物世界裡，那些在古老的從前，曾經稱霸叢林的猛獸在今天的人類面前早變成了弱勢群體，人類占領了他們的地盤，並且獵殺他們，以致於大草原和大叢林中已經難以找到大型的肉食動物。大多數的人類沒有意識到那些肉食大動物的消失會有什麼後果，事實上因為生物鏈被破壞，草食動物由此增加，土地植被就會被過度啃噬而裸露，沙漠便會逐漸出現，甚至河流也會改道，氣候因為生

態環境失去平衡而受到影響，進而再改變別的小動物的命運，而人類自己的命運在這樣的動盪中自然難以得到保障。

　　讓我們吃驚的是，原來，連海洋中的生物也處在危險之中，原因卻是與爸拔的工作有關，所以他傳回來的報告比較詳盡——原來海洋面臨的最大問題就是垃圾的棄置和堆積——這不正是爸拔在人間的工作的一部分嗎——他會因為覺得自己失職而愧疚嗎？或者那根本就是神仙也難挽回的局面？——每年進入海洋的六百四十萬噸垃圾中，占比例最高的是塑膠，那些塑膠微粒從海岸和陸地沿著大陸棚和斜坡被宿命性地帶往深海，有許多大概進入了海洋生物的食物鏈，有的直接導致它們的死亡，有的留在那食物鏈裡，變成人類看不見的慢性殺手。

　　我和姐姐輕吁一口氣，這樣的報告傳送回仙界去，不知道會引發怎樣的波瀾和爭論，仙界的神們會因此放棄這個時代的人世嗎？但失去人世的仙界會是一個多麼無聊的地方啊，只有仙樂飄飄，沒有人世的繁華

當作消遣的去處，也沒有人世那些關於神的傳說來體現自己存在的價值和理由，那麼最後神仙們到底會作出怎樣的決定呢？

　　爸拔和媽麻還在旅途當中，我們的問題暫時得不到回答。

　　而圖小姐卻突然露出大驚失色的神情，亂了方寸，手忙腳亂地檢查那些傳回來的照片和錄影，想要確認什麼，結果在她面前出現無數個影像小泡泡，每一個小泡裡面是爸拔媽麻所到之處第一手的資料，乍一看，幾乎應該可以構成優美的風景圖集，但是細細打量，就看清楚那些乾涸的大地；被砍伐中的森林；不明原因的森林大火和正在滾滾升起的濃煙；廣漠大地上孤獨散步的動物；失去方向的鳥群；城市上空的霧霾；翻騰的海浪，理應潔白無瑕泡沫一般的海浪裡卻充滿了──那是什麼東西，圖小姐長出一口氣，湊近去細看，並且把圖像放大，於是連我們也看清楚了那海浪中混雜的細小的顆粒。

　　我拍拍圖小姐因為焦慮而露出的小尾巴，問她，

那是什麼東西。

　　哦……圖小姐遲疑著說，那個東西，看上去好像我洗臉時候用的磨砂膏的細小顆粒…….

　　我和姐姐互相交換目光，差點忍不住又笑翻在地上，我們想像搗藥兔圖小姐那本來的毛茸茸的面目，齊聲問到，妳？——妳需要用磨——砂——膏——？

　　她不好意思地遮住自己的臉龐，細聲細氣地說，自然是為了漂亮，妳們別忘了，我不是普通的兔子，是搗藥兔，也具備人類那樣美麗臉龐，所以我——也學習了一些人類的美容技巧，不是說磨砂膏可以使臉部皮膚細嫩光滑嗎？

　　可是，最後卻混在汙水廠的汙水中流入了海洋。我和姐姐不忍心用責備的口氣，何況她看上去已經相當沮喪和愧疚，說，我怎麼知道汙水廠處理不了這些小顆粒，而魚類卻會把它們當作美食吞入肚子。

　　姐姐說，如果我是魚，我可不想吃這樣的東西。

　　圖小姐無言地站起來，走進她的洗手間去，把她的磨砂膏之類地美容產品全都丟進了垃圾桶裡，可是

小仙

卻有了新的困惑——這一堆塑料包裝，變成垃圾之後，人類到底有能力回收處理嗎？

塑膠？看到圖小姐這樣犯難，我忍不住想，塑膠到底是什麼東西呢？

姐姐說，塑膠原本人間並不存在，是人類用自己的智慧創造出來，給自己帶來方便，和愉悅的材料，但是最後卻變成了自己的負擔。

自己創造的讓人驕傲的東西，最後變成無法擺脫的夢魘，人類有個詞，叫做作繭自縛——姐姐這樣說。

在這廣漠的世界裡人類看上去這樣自私渺小。

16 | 說古

爸拔媽麻還沒有回來，聽說他們又直接去了仙界敘職。跟人間一樣，仙界的古老制度也有相當官僚的一面，恐怕爸拔媽麻要花一些時間在那錯綜複雜同時規模宏大的雲梯上跑上跑下，與各路來的神仙開會，回答各種各樣的問題。仙界也有遊說政治，恐怕會有代表各種利益的各路神仙與爸拔和媽麻見面，希望他們的發現可以成為支持自己的有利證據——聽說仙人之中，有的正呼籲要與人類聯手保護人間；也有的覺得人間反正在很長的一段時間內一直罔顧仙界的存在，為所欲為，何不由仙界出面給人類一些教訓或制裁呢？

小仙

類似這樣的爭論在仙界已經變成日常的新聞，總之爸拔媽麻一時還不能回來。

　　姐姐與我還是每天準時去學校上學，回家的時候，有圖小姐和大黃毛糖糖貓陪伴。最近這段時間，圖小姐不再跟糖糖貓提關於成仙的話題，起先糖糖貓好像鬆了一口氣，但後來圖小姐似乎完全忘了這回事，糖糖卻顯得悵然若失，他大概習慣了與圖小姐抬槓，少了拌嘴的樂趣，反而有些鬱鬱不樂。

　　圖小姐暫時搬來與我們同住，把她搗藥的那一堆傢伙都搬來了。我們這才知道原來圖小姐在人間也沒有放棄她的本職，只是不知道她到底在研製什麼樣的藥方。那一堆複雜的器具，有各種彎彎曲曲的管子，大大小小，不同形狀的瓶子，在她的房間裡，發著光，冒著氣，好像相當努力地工作著。

　　圖小姐要照看她的那些瓶子的時候，會給我們看爸拔媽麻收集來的影像的泡泡，自己有時躲到自己的房間去，像人類科學家一樣專心致志地操作著。我們看著那些泡泡，百看不厭，那些影像會隨著那影像真

實位置發生的事同步更新，遠方世界照樣如常運行，在那些泡泡裡像建築在輕煙上隨時會消失的海市蜃樓。

肥皂泡一般美麗的泡泡在客廳的半空漂浮著，夕陽之下，反射出彩虹之光，連糖糖貓也看得津津有味。他看著看著就會瞇起眼睛打起瞌睡。

不過與其看著泡泡，我們還是更喜歡跟圖小姐聊天，聽她說過去的事。

圖小姐也會撥撥那些泡泡，惆悵地說在人間這已經變得不稀奇，人類擁有的無人機也幾乎可以飛到世界的任何角落，把遠處的影像隨時傳回給人類，顯示在螢幕上。

糖糖貓眨眨眼睛說，他們的當然還是比不上妳的輕巧有趣。

圖小姐開心地說，你真的這樣以為？瞧瞧，修仙還是有好處的吧？

糖糖貓卻閉嘴，又恢復不以為然的表情。

我問圖小姐，貓不願修仙，那人類呢？還有願意修仙的人類嗎？

小仙

圖小姐想一想，有些沮喪地回答說，人類之中也流行過修仙，但那是另一個年代的往事了。今時今日，人類相信的是科學。從前，人類遇見害怕的事情，首先會想到求助神仙，而現在人類膜拜的是科技。

那以前，人類害怕的會是什麼呢？我好奇地問。

糖糖貓搖頭晃腦，擺出無所不知的樣子說，在人間，讓人害怕的事情還不是千古不變，人類怕的不過是天災，病痛，或者人禍。

姐姐聽到以後，皺眉道，真的那麼久了還沒有改變？

我則要求圖小姐講講以前人類是怎樣向神仙求助的，並且問她，那時候，神仙是不是格外威風？

圖小姐瞇起眼睛，想一想說，威風？也未必，不過，我還記得在嫦娥奔月之前的那些求雨典禮。

圖小姐說到這裡，看一看大黃貓，轉眼工夫，他又已經睡著，不過圖小姐的話讓他睜開迷迷濛濛的睡眼，似乎睏倦不堪地說，求雨？求神仙嗎？人類不是早就不求神仙了？

圖小姐問，糖糖貓你可想起了什麼？

大黃貓卻茫然地搖頭。

圖小姐於是微笑，若有所思，看著糖糖貓的眼睛，似乎要提醒他，繼續說，很久以前，那時，我還是一隻普通的兔子，嫦娥也還是人間的一名普通少女，跟我們一起住的還有一隻普通的貓咪⋯⋯

她說到這裡，我和姐姐忍不住使勁瞅著大黃貓糖糖貓，他沒有特別驚訝，但睡意漸消，懶懶說道，妳是在影射我嗎？但是那不可能，作為一隻普通的貓我沒有可能那麼長命，除非那是幾輩子前的事，如果，妳是因為這個又要勸告我修仙的話，還是趁早放棄了吧。

圖小姐這次笑咪咪而且好脾氣地說，那好，讓我先我說下去，看看你是不是記得起來。

於是，圖小姐開始說故事，她說：

在很久很久以前，人間有一段美好的時光。那時盤古已經開天，后羿剛剛射下九個太陽。有一位少女叫做嫦娥，有一位少年叫做后羿，他們在一場人間的

慶典上相遇，人世快樂的氣氛感染著他們，讓他們覺得未來充滿了希望──所有的苦難都過去了，年輕的人們終於可以自由地規劃自己的人生。嫦娥與后羿在這樣鼓舞人心的時刻走到一起，自然變成好朋友，無話不談，他們談論自己的愛好和理想，當然也議論時事，把人間的好壞當作自己的責任。

自從射下了多餘的太陽之後，后羿就與仙界有些來往，當然也跟嫦娥說了一些仙界的繁華盛事，年少的嫦娥聽了便有一些神往，覺得相比之下，人世與仙界還是相差太遠，嫦娥自然萌生了想要去仙界看看的念頭。起初，后羿覺得這個想法一點也不難辦到，說，在仙界的時候，神仙曾表示願意招納一些凡人入仙界，他們好像有一個叫做優才移民的計劃──如果妳願意，我們一起核計這件事，同進同退。

后羿這麼說，便是作出了承諾，嫦娥很歡喜，便開始計劃要在新的環境開始新的生活，並且開始收拾行裝，後人都已經知道她出發的時候，將一隻兔子帶在身邊，卻不知道那時候她還打算要將一隻貓也一起

帶上，她說要把割捨不了的東西都帶在身邊。

　　但好景不長，接下來的日子裡，人間卻突然又遭遇乾旱，彷彿要回到九個太陽時候，顆粒無收的局面，人世生活一時又變得困苦艱難，於是人們開始祈求神仙降雨緩解人間的乾涸之苦。人間頻繁地出現各種求雨的儀式，人類用豪華隆重的方式表達自己的心願，盡量穿上最好的衣服表示虔誠，在鑼鼓喧天之中獻上祭祀表達自己的誠意。希望總是帶來失望，嫦娥也變得焦慮起來，自然催促后羿去探問消息。

　　后羿去了一趟仙界，回來時候，顯得心事重重，嫦娥問他，他卻不願多說，只叫她不必擔心人間的事，而且仔細告訴了嫦娥去往仙界的行程時間，但是到了那個他們本該一起出發的月圓之夜，后羿自己卻爽約不至。不單是他，連那隻貓也不見了蹤影。最後，到了時辰，嫦娥傷心又失望，帶著兔子獨自到了月亮上面，而對於后羿的失約，她至今心中耿耿於懷，一直不能釋然。而人間傳說中，嫦娥居然也變成了那個拋棄后羿，獨自逃逸到廣寒宮的自私的女子了，這當然

更讓她覺得悶悶不樂。

　　糖糖貓認真聽著圖小姐的話，圓圓的臉上有少見的嚴肅表情。

　　圖小姐溫柔微笑，摸著貓咪的背，頗有把握地問道：難道，你不覺得時值今日，你依舊欠我一個解釋？你不想告訴我，那時候到底發生了什麼事嗎？畢竟那隻貓失約，害得我寂寞地在月宮裡搗了那麼多年的藥，少了一個可以說話的伴侶，孤單了好些年。

　　糖糖貓的眼睛慢慢變得滾圓，好像終於想起了什麼，他猶豫一下，坐起來，兩隻前腿站得筆直，說：

　　嗯，那時候啊──那個時候──讓我想一想，嗯，我可以從后羿從仙界回來的時候說起嗎？

　　圖小姐似乎意外，不過有些歡喜地說，當然好。

　　於是大黃貓遲疑著開始說下去：

　　后羿悶悶不樂，那是因為儘管他跟仙界陳述了人間的乾旱災情，神仙卻以事非緊急作為推搪，倒反而催促后羿與嫦娥早日成行。

　　他從仙界回來的時候，我比嫦娥先碰見他。那會
兒，我好像正跟一些鳥兒閒聊，鳥兒們啾啾喳喳喜歡
八卦，這一次他們說的是有一座山要熱得噴出火來了。
他們說，以前人間鬧旱災是因為天上的天火，但是這
一次卻是因為地火。他們拍著翅膀，爭先恐後地說，
如果那座山噴出火來的話，人間就又要遭殃了。更早，
遠在盤古開天之前也發生過類似的事，有一座山噴出
大火和熔岩，山的缺口越變越大，完全失控，形成了
一個無邊無際的大湖，那些灰和煙霧四處瀰漫，讓人
間變成混沌一片，最後不得不需要新的開天闢地。鳥

兒們看到後后羿走過來，呼啦啦拍著翅膀飛起來，一面還是吱吱喳喳地說，以前的天火被后羿熄滅了，這次的地火看他還有沒有本事撲滅。

他們有的說可以，有的說不可以，一面吵吵嚷嚷，一面飛遠了。

后羿聽見了這些話，呆呆站在一邊，他看到我，猶豫一下，囑咐我發誓不要把這些鳥兒說的無聊話告訴嫦娥和那隻兔子，我便答應了。接下來，后羿好像一個人關起門來想了三天三夜，然後才去找嫦娥，他告訴她對人間的事不必擔心，把動身去仙界的日子仔細地交代了一遍，教她早日準備。

大黃貓繼續說，等到了那個啟程的日子，他卻沒有動身的意思，而是開始擦拭他的弓箭，於是我開始明白他心中已經有了計劃，根本沒有要走的打算。那我覺得我也還是留下來比較好，要不然他豈不是太孤單。後來，後來，你們在仙界應該知道發生了什麼事。

我和姐姐趕緊追問，到底發生了什麼事。

圖小姐點頭，倒吸一口氣說，這我倒記得，當時

人間那場最為隆重的求雨儀式正在進行當中。我們已經到了仙界，遙遙望向人間，仙人們也都在感嘆不已，甚至因為無法統一仙界對待人間的態度，起了小小的爭執。作為新晉仙人的嫦娥自然一言不發，而是在找后羿的蹤跡。神仙們都沒有想到留在人間的他突然又舉起弓，朝仙界的方向射出箭，仙人們大吃一驚的時候，銀河已經被射得決了堤，大水一瀉而下，沖向人間，嚇得雷神電母風婆雨伯不得不現身說教，也拿出了自己敲鑼打鼓的傢伙來，要收拾這突發的局面，一時雷聲大作，大雨傾盆。求雨的人們則歡欣鼓舞，以為是神仙終於出手相助，那壯觀的場面世代流傳下來，啟發了後來詩人寫的疑是銀河落九天那樣的名句。

　　但在當時，卻事與願違，人們立刻從歡喜變作恐慌，因為傾盆大雨一連下了七天七夜，那原本應該解除旱災的困境的雨水，卻因為久久不能停息而又釀成了一場洪水。仙界慌忙請來了對補天有公認的經驗的女媧，補好了銀河的缺口，而那已經落入人間的大水，卻收不回來了，人間一位叫做大禹的人，治理了好幾

年才消除了那災禍的後果。

　　我和姐姐都吃了一驚，問道，后羿為什麼要這樣做。

　　圖小姐嘆道，我也是到現在才明白其中的緣故。后羿一定是聽了鳥兒們的八卦，不顧一切要把天上的水射下來，好早早解了地火的危機。只是他這樣做，也太魯莽了，鳥兒們的八卦又豈是可以輕易相信的。天上的大水即便澆滅得了地火，但如果使用不當，一樣會帶來別的危險。他應該是不願意嫦娥面臨這些可能的危險，寧可讓她誤解，也要讓她先安全地離開，只是沒有想到自己闖了這樣的大禍，被仙人怪罪，自然永遠也去不了仙界了。嫦娥去了仙界，再也沒有回來，他們兩個從此真的天上人間永遠相隔了。一個決定一旦作出就沒有辦法挽回，這可能是他沒有想到的。

　　她看著糖糖貓，問，你說是不是這樣？

　　大黃貓的耳朵往後動一動，想在努力思考，然後不太情願地點點頭。

　　圖小姐說，於是你也一直陪著他，從此留在了人間。

糖糖貓喵了一聲，喵嗚一聲跳起來，說，可是誰稀罕移民仙界的機會呢？做一隻平凡的貓有什麼不好，不過是多投幾次胎，但是每過一世就可以把那一世的煩惱留在了過去，誰像妳，做了神仙，卻滿腦子陳年舊事，什麼也忘不了，好不囉嗦。但是，說到這裡，糖糖貓狡猾地眨眨眼睛，說，有些事，一方記得就行了。……何況，人間變得更好的時候，她們也遲早會回來的。后羿是這麼說的。

圖小姐微微一怔，問，后羿真的是這麼說的。

糖糖貓骨溜溜地轉轉眼睛，然後肯定地點點頭，說，后羿對於留在人間繼續為人可沒有後悔。他覺得既然神仙也不是萬能的，人間的事到最後恐怕還是要凡人自己來解決。他說總有一天人類可以自己頂天立地，做到神仙也做不了的事。只是，唯一的遺憾就是不知道如何才能跟嫦娥解釋清楚他們之間的誤會，恐怕永遠也找不到機會了。

圖小姐若有所思，道，假如當初他跟嫦娥說清楚這件事，怎知嫦娥不會願意與他一起留在人間共同面

對這樣那樣的難題呢？是他自作主張，讓嫦娥傷透了心；賭氣不願再回到人間。

糖糖貓辯解道，給人間造成傷害，后羿的確充滿內疚，但他希望可以在今後的日子裡將功補過啊，他相信如果嫦娥看到那希望，也許就會諒解，願意回到這裡來。

我看看圖小姐，又瞧著大黃貓，雖然恍然有所悟，同時卻還是疑惑，忍不住問那隻貓道，什麼嘛，原來你認識后羿喔？

大黃貓把自己蜷成一團，頭放在爪子下面，不理我，聲音悶悶地道，誰說我認識后羿？我不過是昨晚做了個夢……

圖小姐笑了，搖搖頭，走過去，給了大黃貓一個大大的擁抱。

糖糖貓也搖頭晃腦，好像他們之間終於有了一些新的默契。

我拉拉圖小姐的袖子，還是不死心，問她，那時候后羿到底為什麼不跟嫦娥說清楚其中的前因後果，

讓她一個人糊裡糊塗地離開了。

嗯。圖小姐說，那時候他們是人類，人類有時候就是這樣的，有話不說清楚，扭扭捏捏地顧左右而言他，常常錯過了溝通的時機，到最後一些良好的願望不能實現，簡單的事情變得複雜，甚至無端引來禍事。妳學習做人，可不要學到這樣不好的習慣喔。

糖糖貓攤開兩隻爪子，先做出一副無奈的表情，然後點頭表示同意圖小姐的意見。

姐姐問，那麼后羿呢？他現在在哪裡，他到底有沒有能夠把人間變得更好？

圖小姐嘆了一口氣，說，留在人間的他自然沒有永生，經過了一世又一世，我們失去了他的音訊。……芸芸眾生之中，也許他就在這個時代裡，也許我們又跟他錯過了。

我們都呀了一聲表示可惜。

我跟圖小姐說，我還是不明白，如果那時后羿不出手，神仙們到底有沒有打算相助呢？

圖小姐說，我也要到很久之後，在仙界居住了長

長一段時間，自己也修煉成功，才明白其中的道理，其實神仙並非不肯出手，而是對自己改變人間命運的能力並沒有十足的把握。人類總是以為神仙是萬能的，但是神仙偏偏並非無所不能。仙界與人間一直存在著複雜的政治，仙人覺得不能夠幫人類解決太多問題，讓人類產生依賴心理，以為自己不管遇見任何難題，或者闖下了滔天大禍，都有蒼天之上神仙作後盾，有神奇的超越一切的法力把一切搞定，真相是仙人也沒有這樣解決任何疑難的能力，所以在那個時候起，仙人們就覺得人類應該更為獨立，為自己負起責任來，自己承擔一切困難和勞苦，並且按照這樣的原則制定了一系列與人間相處的外交政策。當然，經過后羿的事情後，神仙對人類勇於承擔責任的決心倒不懷疑，只是希望今後人類做事不要那麼魯莽而已。至於那鳥兒說的地火到底有多嚴重，誰也不知道，也許后羿還是拯救了人間，雖然他引來了大水的災禍，但是沒有那場大水，人間也許在那一次已經被地火吞沒了……

　　所以，那麼說，看來，到了今天，神仙大概也還

是沒有能力管理人間的氣候吧？我想到眼前我的人間正面臨的那些問題，心中擔憂，遲疑地問圖小姐，希望她會給我一個相反的回答。

　　可是圖小姐回答道，沒錯，原先仙界的雷神電母風婆雨伯的確還是負責安排著人間的風風雨雨，這裡刮點風，那裡降點雨，盡量做到風調雨順，雖然有時會出現為難的狀況，不易打理，但是，花點力氣和時間，勉強也能把人間的氣候調整到皆大歡喜的境界。可是，到了今時今日，他們早已覺得力不從心，人類把大氣攪和得糟糕而且混亂，到處是突發狀況，雷神電母風婆雨伯疲於奔命，風和雨全像瘋了一樣，全都去了不該去的地方，他們在後頭拚命追，補了這邊的雨，那邊的風又不聽話了，連風和雨自己也不知道出了什麼事，暈頭轉向地被人間突然出現的不明氣流和高溫驅趕得四處流竄，停不下來。所以，最後，仙人在新的時代面前真的已經變得勢單力薄了，自顧不暇。正如后羿說的那樣，人類到了只能依靠自己的時候了。

17│論今

我們要去旅行了。在我們選擇的這個人間，旅行是司空見慣而且必須的，人類為了休閒，歡愉或者挑戰而旅行，足跡遍布繁華的城市，偏遠的村莊，或者本來人跡罕至的高山，湖泊，叢林或者冰原。沒有辦法如同一棵樹一樣忠實地站在原地，這就是人類。

在我們居住的這個城市，人們尤其喜歡旅行，不單有各種各樣的旅行雜誌，每週按時出版更新，羅列各種旅行的可能；城市的各種廣告也描繪著誘人的遠方風景；成千上萬的旅行社想盡各種方法招攬顧客，要把人們塞上每天那一班班飛向不同目的地的航班。

在我和姐姐的學校，小朋友們都習慣了這種短暫的來來去去，把遙遠的他方當成自己的後院，在沒有災難的日子裡，這真是一件美妙的事。人類不是說過，行千里路，讀萬卷書嗎？他們說，旅行就是一種學習，不用按時起床上學做功課，看不同的風景，體驗另一個地方的人生。在我學校認識的小朋友之中，旅行簡直如呼吸一般理所當然。每到假期要來臨的時候，每個小朋友也都開始準備要到遠方的某個地方去，好像單純地待在家裡是一件不合常理的事。也許在這個時代裡，人類真的是獲得了前所未有的自由，想去哪裡，除了去仙界，簡直能無所不至。每一個公眾假期來臨的時候，這個城市的人們彷彿全都在旅途上，連城市繁忙的交通也因為多數人的離開變得疏疏落落起來。

　　我們也在一個假期踏上旅途，不過圖小姐和大黃貓卻決定留在家裡，他們說要體會一下這個城市難得出現的寧靜，順便敘敘舊，自從上次圖小姐和大黃貓一起說完嫦娥的故事，糖糖貓就已經不再堅持與圖小姐撇清關係了。

我們去的是地球另一端，首先抵達的是一個人口稠密的繁華城鎮，沿海岸線建造的風光美麗的小城一個接著一個，海風徐徐吹來，原本應當吹過漂亮的小樓的紅色屋頂，吹過青翠的草地，吹散人們的一切憂愁——因為那是一個以生產快樂著稱的度假聖地。但是我們抵達的時候，空氣中卻充滿了不安的情緒。

　　小城正碰上熱浪的襲擊，幸好大黃貓沒有來，要不然他的舌頭恐怕就會像狗狗的一樣伸出來，耷拉在外面，直喘粗氣。炎熱並不算是大問題，整年沒有像樣降過水的城市，正籠罩在乾旱的陰影裡。

　　雖然靠近海洋，面對著永無止盡的洶湧海浪，水卻變成了大難題。浩瀚的海水並不能讓人類隨時取用，即便人類有海水淡化的技術，但是淡化之後產生的鹽滷垃圾連爸拔這樣的專家也還沒有找出辦法來妥善處理——即不能扔回到大海裡，把大海變得更鹹，讓魚類無法生存；也無法就地填埋，就此改變土壤的鹽鹼度。

　　我們居住的度假村前，原本綠茵茵的高爾夫球場看上去無精打采，就連那些漂亮小屋前的草坪也失去

了往日的生氣。人們開始控制用水，減少不必要的灌溉，跟自己親手種下的植物搶奪水的資源，四處出現有關節約用水的標誌。

大多數人在聊天的時候，都對無常的天氣表達自己的擔心，然而生活繼續，人們好像都很容易暫時忘卻，心中充滿了僥倖，他們說，天氣預測在未來的幾個月裡，也許會有大規模的雨暴，這樣一來，問題不是都解決了嗎？但是誰又能確定呢？也許雨水會因為這樣那樣的原因飄到別的地方去，而突如其來的大雨，會由於土地久旱無法滲透的關係而引發洪水也未可知。真是傷腦筋，乾旱，洪水，惱人的天氣，人類碰到的一直是同樣的問題。

我也跟爸拔媽麻抱怨，為什麼選擇這樣的地方來度假呢？人類度假不是為了放鬆心情？為什麼我們卻要自尋煩惱。

姐姐卻老氣橫秋地說，誰說這是真正的度假？爸拔和媽麻帶我們到這裡來是為了拜訪住在當地的另兩位仙人。

我驚訝地問，難道除了我們還有別的長住地球的神仙？

　　姐姐嘆口氣，道，誰說不是？我也是最近才知道。大仙跟大人一樣，總是把有趣的事瞞著小仙。這兩個仙人在人間的身分是科學家。然後，她的口氣有點興奮，道，早就知道人間潛伏著仙界的一個祕密組織，專門研究人間的科學跟仙界的法術之間的關係。想必他們就是這樣的間諜。只是，他們在人間潛伏太久，連仙界都已經忘記他們的存在，直到最近才又發現了他們的蹤影——這兩個傢伙想必已經變得跟人類沒有什麼差別了。

　　什麼是間諜？受了姐姐那神祕的語氣的感染，我也有些興奮。

　　姐姐說，間諜是人類的一種職業，從事祕密偵探工作，刺探敵方的情報或者搞破壞活動。

　　人類又不是我們的敵人，難道我們需要搞破壞？我不解地問。

　　爸拔和媽麻自然聽到了我們的對話，有些尷尬，

解釋說，嗯，很久之前，仙界的確存在過一種陰謀論，覺得人類的技術發展的最終目的是要與仙界競爭比試，把自己變成超級的物種。我們的確成立過一個類似人類間諜組織的機構。這種擔心在這些年雖然沒有被完全消除，但是這兩位仙人現在的工作可不是為了要對付人類，嗯，他們應該是在跟人類一起研究……科學的方法。

兩位仙人戴著眼鏡，穿著簡單的 T 恤和粗布褲子，看上去像雙胞胎，跟人類大學裡的工科生看上去沒什麼兩樣，他們一個是大賽先生，一個是小賽先生。聽說原本在仙界就喜歡孜孜不倦專研各種仙術的他們，想必在人間的實驗室也一直如魚得水。

　　姐姐看著他們，上下打量，然後語氣帶著調侃說，這麼多年來，你們的研究有結果了嗎？科學與仙術之間到底有什麼區別啊？

　　大賽先生不以為然地說，我們早就不研究這個了。現在，我們正與人類一起用他們的科學方法解決相同的難題。

　　那你們到底做了什麼？我好奇地問。

　　小賽先生看上去有些驕傲，說，這些年來，我們參與了許多人類的創造發明，電視，電話，電腦，飛機，雷達，疫苗，抗生素，輸血技術，我們看到人類失敗，努力，成功，看到他們的到的喜悅，和付出的代價——當然我們也付出自己的努力——妳要知道，所有的創造發明都不是一個人的事，今日的成功建立在無數前人

失敗的經驗之上。磕磕絆絆，人類居然取得了那麼多的成就。最難得是在科學面前，人類常常可以放下自己的成見，不同信仰的人們卻都願意相信相同的科學，一起分享科學的成就。

姐姐說，所以，在人間，人類遲早什麼都能做到？仙術根本沒有用武之地了。

大賽先生有點不滿地說，嗯，也不能說仙術全無用處。人類的方法有時不能立竿見影，只不過潛移默化，不放棄，抱著希望，總能慢慢作出改變。

姐姐撇撇嘴，道，你說得倒好聽，但事實不過是因為人類碰到的問題根本是連仙術也解決不了的，你才會說這種慢慢來的風涼話。

大賽先生說不過姐姐，不好意思地抓抓頭，道，仙術解決不了人間的難題，的確沒有錯——這連妳們小仙也知道這樣的道理了？可見我們仙界也已經變得更開明進步了，不再忌諱承認自己的短處；不過，至於說要慢慢來，這可不是風涼話。大窟窿一下子堵不上，也不能放棄，只好堅持下去。

我問他們，你們說的大窟窿是神仙也擔心的大氣汙染，空氣暖化加上氣候異常嗎？

小賽先生點點頭，說，很不幸，正是如此，目前人類碰到的大問題就是這個。人類需求太多，消耗無法截止，浪費過分龐大，於是產生了這樣的結果————人類一面想把生活變得更好，一面卻犧牲了自己的環境。

姐姐問，那要怎麼辦。

小賽先生抓抓頭，有些為難地說，暫時我們還沒有找到一勞永逸的好辦法，不過人類正想方設法要用乾淨的能源替代傳統燃燒能源，比如在這個乾旱的城市，妳可以看見太陽能正逐漸慢慢涵蓋更多地區，用電的節能車正被大量推廣。但實際上，人類可以做的其實很簡單，不需要當作出偉大發明的科學家，也可以做出一些貢獻，每個人少開一盞燈，少浪費一滴水，不必要的時候不開車，減少能源的消耗……

我立刻響應說，這個，我當然也做得到。

大賽先生和小賽先生同時說，自己知道還不夠，

重要的是要讓所有的人都站在一起，向同樣的目標努力。

那要怎麼做才好呢？我們需要做什麼？

小賽先生說，在人間生活的小仙可以自己想一想。每個人類在人間都有存在的價值。找到那份價值，在人間的生活就會變得快樂。妳們也很快會明白其中的奧妙的，妳們不是有兩位大仙，還有那隻搗藥兔和大黃貓嗎？大家站在一起，一定會有辦法的！

那你們呢？我問。你們在人間快樂嗎？

兩位賽先生異口同聲說，我們在這裡很快樂。

我長嘆一口氣，說，總之，我明白了。那麼多年與人類劃清界線，說不打算理會人間諸事，其實那也不可取，還是要與人類站在一起才是正道。對不對？

小賽先生說，我們不敢替別的仙人作出回答。不過，妳們想必很快會找到答案了。有妳們在人間，這次仙界應該能夠作出一個妥當的決定的。

大賽先生說，這樣吧，我們帶妳們看看這兒的實驗室，看看我們的科學家是怎樣工作的。

大賽先生說的科學家當然是人類的科學家。我不

知道他們在研究什麼，但是所有人看上去都在專注地工作著。大賽先生說，這樣的工作態度人類有個形容詞叫做廢寢忘食。

小賽先生說，對人類來說，科學根本就是一項忘我的工程。

科學家們都格外友好，教我和姐姐各種實驗儀器的名字，跟我們講解各種人類可以利用的能源的利弊，怕我們不明白，還用電腦模擬各種能源生成以及消耗的過程，爸拔媽麻則點頭說，的確，我們的小仙到了應該多接觸人類的科學的年紀了。

與大賽小賽先生告別的時候，我問，看來人類最需要的是科學家來幫他們解決難題囉。

小賽先生卻神祕地笑著，說，人類的確需要科學家，但是更需要的卻是有責任的人。有科學是魔法棒，責任好比那可以讓魔法變得更強大的仙塵。

我跟他們揮手作別時，其實還不太明白他說的話。

我們開著充電車，穿過大片農業耕作區，耕作和灌溉還在進行當中，從遙遠的水庫運來水可以暫時解

燃眉之急，但是想必所有的人都在祈求那一場及時雨的來臨。人類的生存真是一項巨大而頑強的工程。

　　一路上，媽麻一直盯著窗外，在尋找什麼，彷彿平添了新的煩惱。

　　後來，她才告訴我們，一路上，在那廣闊的原野上，她尋找的是蜜蜂。

18 | 蜜蜂去了哪裡

我在仙界的時候就認識蜜蜂，蜜蜂和蝴蝶有時候會穿越人間與仙界的界線，出現在仙界。他們都是可愛的生物，不吵不鬧，點綴在花草間，構成漂亮的圖畫。蝴蝶也會來，但比較貪玩，到了仙界往往就樂而忘返，結果就把他們短暫的生命留在了仙界，一點也不擔心是否需要落葉歸根；蜜蜂則比較勤奮，仙界傳說蜜蜂在人間從事著重要的工作，果然，小小的蜜蜂到了仙界之後總是不忘記要找到回家的路，像是有天大的事要等他們回去完成，一刻也不願浪費。他們拍打著透明的翅膀，發出細微的嗡嗡聲，彷彿總是在工作當中，真是一種執著勤勞的小生物。

仙界曾經一度流行把蜜蜂當作寵物，把牠們裝在雕工精美的金色小球裡，並在小球裡裝飾青草和灌入鮮花的芳香，供應最上等清香的花蜜當作食物。但被剝奪了工作自由的蜜蜂就再快樂不起來，總是在鬱鬱寡歡之中迅速死亡。所以，後來仙界嚴令禁止把蜜蜂當作寵物。

　　姐姐告訴我，過去她也因為無知膚淺擁有過一隻蜜蜂寵物，那還在仙界發布禁令之前。小小的蜜蜂央求姐姐將牠放回人間去，姐姐起初不捨得，但是小蜜蜂一再央求，說不能在仙界虛耗牠的一生，因為牠的工作才剛剛開始而已，因為誤闖到仙界來，卻從此過著寄生蟲一般的日子，怎麼對得起自己的職責？小蜜蜂說得聲淚俱下，姐姐心一軟，答應了小蜜蜂的請求，同時因為好奇，決定跟著牠悄悄飛到人間，想知道人間到底有什麼重要的事讓牠如此念念不忘。

　　姐姐跟著那隻蜜蜂飛了足足八百公里，蜜蜂不停地從一朵花，飛到另一朵花，起初姐姐開心地跟每一朵花打招呼，但不久就覺得氣喘吁吁。而那隻小蜜蜂

小仙
201

可不只是為了跟花兒拜訪問好而已，牠小小的腳在花蕊上不斷摩擦授粉，同時也採集花粉運回自己的蜂巢，每一次收集到的貨物都有牠身體一半那麼重。牠一面負重飛行，一面卻還不忘記跳搖擺舞。姐姐自己已經覺得疲倦不堪，擔心小蜜蜂不能堅持，於是跟牠建議，跳舞大可以等到工作完畢，休息之後再慢慢盡興。

小蜜蜂卻說，沒有時間休息，跳舞也不是為了盡興，是為了告訴同伴們要去哪裡可以找到更多的盛放的鮮花，好繼續授粉採蜜。花開花謝可不能久等。

姐姐說，那時候，她才注意到，遠遠近近，工作中的蜜蜂成千上萬在陽光普照之下飛來飛去忙碌著——那都是她的小蜜蜂的同伴。

後來呢？我著急地問。

後來？姐姐有些傷感，遲遲不肯開口，我不斷催促，她才開口道，小蜜蜂一直不停地工作著，直到最後一刻，牠黃白相間的小身子躺在我的懷裡，透明的翅膀漸漸停止震動，牠跟我說，謝謝妳讓我回來，完成了我一輩子應該完成的使命。——聽牠這麼說，我才意識到

在仙界的時候，把蜜蜂當作寵物是多麼淺薄虛榮的事。

小蜜蜂呢？小蜜蜂呢？我還是繼續追問。

姐姐看我一眼，說，你怎麼還不明白呢？飛完了整整八百公里不停收集花蜜之後的小蜜蜂，就這樣耗盡了牠的生命，驕傲地走完了牠的一生。

我啊地張大了嘴，不敢相信小蜜蜂就這樣走了。

姐姐說，妳知道小蜜蜂說什麼嗎？牠安慰我說，不用想念牠，因為這世上有千千萬萬個牠，所以想牠的時候，隨時可以去找別的小蜜蜂，牠們都跟牠一樣，都會比較忙綠，但也會都願意作小仙的好朋友。

姐姐頓一頓，老氣橫秋地說，這樣吧，等學校的功課沒有那麼忙的時候，我帶妳去找小蜜蜂玩耍，看牠們跳舞的樣子。

聽了姐姐的故事，我才明白，難怪，人類用蜜蜂來比喻那些辛勤工作的人們，這些小傢伙居然在任何一個形式的人類社會和制度下都很得人緣，牠們的圖像以標誌的形式出現在人類的生活當中，甚至變成某個王朝的象徵，連作為帝國權力象徵的加冕權杖上也

小仙

分布著金色蜜蜂，變成了王朝的符號。後來王朝逝去，蜜蜂的標誌卻留了下來——比如圖小姐用的香水盒子上就描繪著蜜蜂的形象，她說這香水就是舊日王朝的御用品，因此一直沿用相同的標誌，在時光的長河中留下了往日的榮耀——人類自己不會永生，但是他們一路創造的東西卻有長青的機會。

在學校裡，姐姐上作文課，老師教他們用比喻，說可以像這樣子寫——如同辛勤的小蜜蜂一樣……於是，小朋友們就問，蜜蜂是怎麼樣的呢，讓我們去看一看蜜蜂吧。可是，姐姐從學校回來以後，就滿臉疑惑，說，看不見蜜蜂了。學校的花園裡沒有，連遠足去郊外的農場的時候，也看不到。小仙妹妹，妳說怎麼辦？我還想帶妳去找小蜜蜂，看牠們跳舞呢。

媽麻正在看書，聽到這樣的話，突然吃驚地抬頭，手裡的書也掉在了地上，她用不相信的口氣問，沒有蜜蜂了？在旅行的時候，我就開始擔憂，一路上看不見蜜蜂，我還以為是因為乾旱的關係，難道這裡也找不到蜜蜂了？

姐姐搖搖頭，說，就是沒有看到。

媽麻站起來，走到落地窗前，看山下的城市，城市繁華依舊，高樓如林，車如河流，完完全全是一個屬於人類的世界——城市不是替神仙建造的——這沒有關係，我們神仙永遠可以找到讓自己舒服的辦法；——可城市也不是以別的生物的舒適和健康為目的而存在著的，所以別的生物就只好把空間讓給了人類。在這樣的大白天裡，高空裡有飛機時時飛過，偶爾也有幾隻飛鳥，卻真的看不到蜜蜂的蹤跡。

這有關係嗎？我問媽麻，看見她擔心的樣子，我也不安起來，但還是帶著僥倖說，不過是小蜜蜂，也

許牠們休息去了呢。

姐姐立刻不滿地說，蜜蜂是不會休息的。

媽麻也點點頭，表情嚴肅地說，人類中有一個叫做愛因斯坦的科學家曾經說過，沒有蜜蜂，人類最多活四年。他說這話的時候，仙界也正在為人間的可持續性展開討論，因此才有了後面不准仙界私自圈養蜜蜂作為寵物的規定。因此，妳說呢？妳覺得找不到蜜蜂是不是非同小可？

這是為什麼呢？沒有了蜜蜂，至多沒有了蜂蜜，人類不吃蜂蜜應該也不至於有太大問題吧？這下，連姐姐也不明白了。

因為人類是靠蜜蜂授粉生產糧食作物的啊。圖小姐突然出現，這樣回答道，沒有蜜蜂授粉，就沒有植物，動物和人。這個世界的食物鏈是錯綜複雜的，避開人類不說，沒有了蜜蜂，紫花苜蓿、蘋果、香梨，甜杏、草莓，櫻桃，葡萄、大豆、黃豆，綠豆，花椰菜、向日葵、青瓜等等瓜果類都會因為無法得到授粉而慢慢枯萎，鳥類和小動物吃的果實也會慢慢稀少，

而以這些小動物為食的動物也會開始挨餓。但是，人類又豈能獨善其身？他們口中吃的，身上穿的，都會慢慢改變，資源愈來愈少，勢必引起爭奪。人間的爭奪，我見得可多了。從前，為了爭一張美麗的狐狸皮，人與人也會大大地打上一架，更不用說現在那些為了爭奪能源引發的戰爭，如果非要以像戰爭這樣殘忍的方式來解決分配的問題，這才是人間最大的慘劇。

聽上去好像是大麻煩喔？我覺得有些氣餒，喃喃道，人類自己的麻煩已經夠多了，現在蜜蜂遇見問題也要怪他們嗎？

這可不好說。圖小姐扁扁嘴，說道，我聽狐仙們說起過狐狸有個習慣，總喜歡到人類的農莊去逛一逛，跟農莊的動物聊聊天，拉拉交情，雖然有時候會被當成黃鼠狼追打，也還是樂此不疲——雖然連我也不能明白其中到底有什麼樂趣；但是現今，連他們也不太願意再接近人類的農莊了，那些農藥的味道，譬如除草劑，殺蟲劑讓他們老是反胃並且咳嗽。農莊一定出了問題，牛啊，雞啊常常生病，感染的都是以前聞所

未聞的病毒——也許是因為人類把他們的飼料做了基因改變？基因改變的還有一些農作物，雖然長得飛快，但聞上去，味道總跟以前的不一樣。如今凡是靠近人類的地方，就有空氣汙染和各種電磁輻射，氣候愈來愈古怪，冬天時候突然變暖，夏天又熱得讓狐狸們煩躁不安——我覺得連狐狸也受不了的這些改變，對小小的蜜蜂來說一定是致命的。

人類原來又是始作俑者。我不禁覺得有點絕望，嘴一癟就要哭出來，這樣下去，我們還能在人間居住嗎？

姐姐走過來，給我一個擁抱，說，不要擔心，一定會有解決辦法的。她低頭沉思，突然抬起頭來，眼睛一亮，說，那次我跟小蜜蜂在人間遊玩的時候，牠跟我講這些年蜜蜂們都在抱怨花粉的味道大不如前，有的味道甚至會讓牠們覺得頭腦昏眩，但是有一個地方花粉的味道卻特別甜美，所以蜜蜂們都喜歡到那裡去採蜜，即使路途遙遠，牠們也不介意，全都趨之若鶩——那個地方叫做有機農場。

19 | 有機農場

在一個晴朗的週末，爸拔和媽麻說，讓我們去拜訪這個城市郊外的有機農場吧。

什麼是郊外？我問爸拔。

爸拔說，人間有了城市之後，城市之外的部分就是郊外了。

姐姐招手叫我過去，跟她一起在電腦前看估狗大神是怎麼解釋郊外這個詞的。人類的語言總是把一件簡單的事說得太過複雜，我只想看估狗大神顯示的會是什麼樣的圖片，那些解釋郊外這個詞的畫面上，全都是碧藍的天空和青翠的綠草地，雲朵潔白，空氣也

清澈明晰。圖片裡看不見城市常見的那些林立的高樓，但是逐漸正在失去的清新空氣卻不缺失。

哦。我看著那些畫面，如夢初醒，把我的發現告訴大家——原來，仙界的風景跟人間的郊外比較接近。

你們不是都說人類一開始想追求的就是神仙一般的生活？但是為什麼他們要把城市建設得跟仙界相差那麼多？姐姐摸摸她自己的辮子不解地問。

因為人類覺得他們自己太聰明，認為他們自己可以創造神仙也實現不了的奇蹟。媽麻這樣說，現在，到了他們應該走得稍微慢一點，想得稍微多一點的時候了。

爸拔催促我們出發，說，有機農莊就是這樣一個步調有點慢的地方。

圖小姐也與我們同行，她穿著格子襯衫和吊帶粗布褲子，頭上還綁著一塊與襯衫同色調的頭巾，提著一只野餐的籃子。

媽麻則為我們準備了膠鞋和鏟子，休閒的衣服看上去很適合在田間——勞動——對了，就是勞動——媽

麻說，既然去農場，就應該嘗試在農場應該做的事。

我們開車離開城，把城市的建築拋在身後，車窗外漸漸出現田野和樹林，慢慢靠近遠處的青山，有機農場就座落在山腳下。

我們下車的時候，圖小姐忍不住吟了一句詩，並作出陶醉的樣子，說，採菊東籬下，悠然見南山。

我說，圖小姐，農場是種菜，不是種花的地方，我們可不是來採菊花的。

圖小姐卻說，噓，小仙不要煞風景。妳不覺得有機農莊一派田園風光，跟詩裡的意境很接近？我見識不算少，見過工業生產化之後人類的現代農場，廣袤的大地上為了所謂的效率，單一栽培一種作物，用現代化的機械噴灑大量農藥、殺蟲劑與肥料，空氣裡沒有一點讓人吟詩的氣氛；而為了讓作物在短時間內生長得更快，不斷嘗試基因改變，結果產量自然在短時間內提高了，可是那樣的農場一點田園風味也找不到，讓我這樣有文藝氣息的搗藥兔沒有機會抒發自己的才情。這個有機農莊讓我重溫到了人類古時候那種活在

天地節奏中的感覺和樂趣。

　　唔，原來是這樣。爸拔和媽麻都會心地微笑——我們都知道圖小姐有文藝的一面，在過去的時代裡她曾經以詩人或者文藝青年的面目出現在人間，難得有機農莊的景色讓她這樣覺得這樣賓至如歸。

　　糖糖貓也從車上跳了下來，作為一隻自小生活在城市的貓咪，他起先一直不能決定是不是應當跟我們到野外去。因為人類都一致認定像他這樣的城市貓咪，早就失去了在野外生存的能力，所以他自己惴惴不安，覺得會不會因此遇見畢生不曾想到過的麻煩。但是到了農莊，他一下車，就被一隻在瓜架下打滾的黑白相間的貓咪吸引，不由自主走過去，尾巴高高地豎起，尾巴尖輕輕搖擺，全然忘了自己的顧慮——從空氣調節的屋子裡走到大自然中來，對動物來說，當然是一件最合理不過的事。何況，農場裡分明有其他動物的蹤跡，不用說在草地上閒閒散步，偶爾朝我們投來好奇目光的小雞；而遠處農舍中分明住著牛或羊，讓我們從來沒有與別的動物打過交道的糖糖貓興奮起來，

與黑白貓交談了幾句之後，就跟著她朝農莊深處走去。

　　就這樣，我們全都站在了有機農場的土地上，周圍綠意盎然，瓜果蔬菜在它們自己的土地上熱鬧著，充滿了種一分地，耕一分田的快樂。原來，人類的作物是這樣生長的，豆子的藤爬在架子上，開出黃白相間的小花；西紅柿的藤也牢牢攀住架子，好掛住它們正從青轉黃變紅的沉甸甸的果實；成熟的玉米是金黃色的，高高站在玉米稈子上；胡蘿蔔躲在泥土裡，跟土豆一樣等著被輕輕從土裡拔出來；草莓則害羞地低低長在田埂上，與白色的小花交錯地捉迷藏……

　　各種各樣的作物生活在一起，爸拔說那就是有機耕作的理念。

　　沒錯，就是這樣。有一個年輕人從瓜架後面走出來，跟我們打招呼。他看上去神采奕奕，臉上有陽光一般燦爛的笑容，太陽在他的皮膚上留下了健康光澤。他的袖子高高捲起，腳上的高幫膠鞋上有泥土的痕跡，一看就知道剛剛還在田間勞作，何況他手上還拿著幾條剛採摘下來的黃瓜。他跟我們說，歡迎，歡迎。原

來他就是有機農場的主人。我和姐姐都戴著草帽，抬頭端詳他的時候因為怕帽子掉下來，都伸手按住帽子，他看著我們笑嘻嘻地說，兩位小朋友也是來參與農莊計畫的嗎？跟我來，我先跟妳們解釋有機農莊到底是怎麼一回事。

　　爸拔媽麻相視，露出讚許的笑容。我們跟在年輕人後面，走入田間，聽他跟我們說他的故事，他說，我們的有機農莊是這樣一個地方，我們會隨著自然的規律來安排耕作，就像以往人類依照節氣來安排農活，拒絕動用農藥來解決作物生長面臨的問題，土壤就有了喘息的機會，孕育自己強壯的地力，為培育更多種類的作物作好準備。配合氣候、參照地理、根據需求、也考慮生物的感覺，我們的有機農場就可以把這裡的生態環境得以持續下去的。

　　年輕人真是一個有親和力的傢伙，即便我和姐姐不十分明白他說的每一個字，我們也很喜歡聽他說話，那聲音裡有種自信，像一種保證，不由讓我心中感覺坦然。

這時，糖糖貓突然氣喘吁吁地從遠處奔跑過來，像那些巨大的貓科動物疾速前行時的樣子，後腿並排著用力蹬地，兩隻前爪也用力往後使勁好借助反作用力跑得更快。他一面跑，一面喵喵叫。

　　年輕人不知道他在說什麼，但是我們都聽得清清楚楚，大黃貓說，蜜蜂在這裡！

　　我和姐姐一聽，立刻便興奮地跳起來，拍著手歡呼，蜜蜂，找到蜜蜂了！

　　年輕人雖然疑惑，但是看到緊跟在大黃貓後面，幾隻正在嗡嗡飛近的小蜜蜂之後，露出驕傲的笑容，他說，沒錯，我們農場有自己的蜂群。我帶妳們去看牠們的家。

　　於是，我們走過瓜架，穿過農田，在果園的後面看見了一排一排的蜂箱，和成群嗡嗡飛舞著的蜜蜂。年輕人站在陽光，那驕傲的笑容變得更加光彩照人，他說，我們的蜂群非常健康，不會因為作物單一而營養不良，我們也不會用蛋白質，能量補充品或者人造營養劑來餵養牠們，干擾他們的自然週期；也不會用

人造費洛蒙來欺騙牠們，讓牠們超時工作，因為沒有這個必要，在這裡舞，我們的蜜蜂可以安心做牠們熱愛的工作，故者安，生者息，源源不斷永續繁衍下去。

　　年輕人口口聲聲說著我們這個詞，這農場是我們的農場，這蜂群是我們的蜂群，姐姐看上去有些得意，是的，她記得沒錯，我們果然在這樣一個友善的環境裡找到了蜜蜂的蹤跡。

年輕人帶著我和姐姐去菜園子種地，鬆土，挖坑，播種，蓋土，灌溉，過程簡單充滿樂趣，連大黃貓也用爪子幫忙挖了幾個坑，我們種下的空心菜，不久之後就會發芽，很快就會有收成。農場裡有許多看上去與我們一般大的小朋友，在忙著學習如何耕作；拎著小籃子撿拾雞蛋；在奶牛場學擠牛奶和製作奶酪；果園另一邊的小木屋裡，可以學習如何用天然材料做蜂蜜肥皂，蜂蠟也可以被用來製作純粹而天然的護唇膏——我們都可以想像誰會是最熱衷於此道的參與者——當然就是圖小姐了。難怪剛才一時找不到她，原來一直躲在這裏切磋著她調配藥膏的技藝，而且沈浸其中不能自拔，而經過她改良的護唇膏，果然芬芳滋潤不同凡響，讓小朋友們雀躍不已。

我開始明白年輕人說的我們的意義了。只有我們把這一切當成我們的，我們的未來才有希望。我很開心年輕人把我們也當成是他的我們的一部分，我第一次覺得，我也是這個人間的一份子了。

臨走時候，我發現大黃貓在車的後座，把爪子搭

小仙

在椅背上，努力站直了身子，毛茸茸的臉對著車窗外，專注地看著揮手作別的年輕人，雖然在大白天，瞳仁居然變得滾圓。我正要問他發生了什麼事，車子已經開了出去。 我回頭看，年輕人還是遠遠站在有機農場的那一邊，目送著我們。

圖小姐問我糖糖貓怎麼了。但她順著我指的方向看過去的時候，車已經轉彎。

那個年輕人看不見了。我這樣回答她。

圖小姐咦了一聲，看著大黃貓，露出疑惑的表情。貓打個哈欠，已經蜷縮在後座睡著了。

20 | 回收的快樂

　　我們上學，爸拔媽麻工作，而圖小姐突然有了她在人間生活的目標。有一天，媽麻問我們，說，妳們知道嗎？現在人們開始稱呼圖小姐為圖老師，向她請教各種人生中遇見的問題，圖老師變成了他們遇見過的最好的心靈導師。搗藥兔在廣寒宮搗了那麼多年藥，所有的知識也沒有浪費，她那些治療良方最後竟然用到心靈治療上去了。

　　我和姐姐睜大眼睛咕咕地笑起來，雖然覺得意外，但是由衷為圖小姐覺得高興。雖然修煉成仙的圖小姐其實一直有左右人心的能力，但她總是有些害羞，不

肯隨便動用她的法力。這一次，不知道她動用的是真心，還是法力，抑或兩者皆有之。當了圖老師的圖小姐換了一身裝束，深藍色的套裝，戴了一副黑框眼鏡，長髮在腦後挽成一個圓圓的髮髻，看上去博學而知性，圓圓的眼睛一如既往有撫慰人心的溫柔，充滿了說服力。

圖小姐在媽麻的咖啡店裡開設題為如何快樂的講座。我和姐姐還有大黃貓興致勃勃地與人們坐在一起，共襄盛舉。我沒有想到人類對這個問題會有那麼大的興趣，咖啡店裡座無虛席，還架起了人類的攝影機，要把心靈導師圖老師的話同步傳播到網路上去，好讓更多的人能夠分享圖老師的聲音。

講座開始之前，圖小姐看上去躊躇滿志，朝我眨眨眼，說，當然，小仙，難道妳不知道嗎？快樂一直是人類追求的目標，哪怕是短暫的快樂，也有人願意付出高昂的代價。

我喃喃地說，如果他們生存的世界已經開始敗壞了，那哪裡還有可能找到真正的快樂？

圖小姐卻自信地說，人類是永遠不會放棄尋找快樂的。他們也很會自得其樂，只不過有時糊塗了，只顧自己快樂，像鴕鳥一樣，把頭藏起來，看不到世界要倒塌的危險。人類需要看清楚自己，看清楚這個世界，所以這就是他們為什麼需要我的原因，小仙來這裡的目的也大致是相同的。

　　圖小姐優雅地坐在講臺上，像一個可以示範滿足與快樂的典範，人們看著她，臉上帶著渴望。她輕輕開口，開始說各種各樣的快樂和可能，她用的那些優美的詞彙，聽上去像唱歌一樣好聽，聽眾聽得如癡如醉，也許人類有人類的理解方式，但是老實說，我還是不太明白圖小姐為什麼不乾脆跟他們談談如何才能避免各種各樣人為災難，沒有災難，這不才是快樂的根本嗎？

　　姐姐在我耳邊說，小仙妹妹太心急了，妳這樣念念叨叨囉嗦會讓我們的心靈導師不能專心，別擔心，她會順妳的願，說說妳想說的事。不過，人類只喜歡聽他們想聽的話，讓我們看看圖老師到底怎麼開口。

果然，圖小姐一本正經地說，這次快樂講座的主題就是——要快樂，就要珍惜，珍惜身邊所有，——說到珍惜，當然要杜絕浪費，身邊的一草一木，都有來處和去處。即便那些沒有生命的廢棄物，如果你把他們簡單地丟棄了，感覺到的不過是一種終止，終止通常杜絕了快樂的可能——快樂都隱藏在希望之中，這個世界沒有絕對的廢物，所有東西都應該有一個讓他們自己也會快樂的合理歸宿……

　　圖小姐拐彎抹角說了這麼多，說的不就是回收這件事嗎？我忍不住在人群之中大聲喊出來，道，回收，她說的是我們要回收，回收會讓我們覺得快樂的，千真萬確！

　　觀眾們全都一愣，一起望向我，似乎不知道我在說什麼，我有點著急，難道他們不知道回收是什麼嗎？我說的不是人類的語言嗎？我望向姐姐，向她求救，而姐姐朝我聳聳肩，不打算幫我解釋，只是捏捏我的手心，像是鼓勵我自己說下去。於是，我只好說，今天坐在這裡的幾乎都是大人，但是你們家有小朋友嗎？

如果有小朋友的話，學校裡的老師一定說過回收這件事。回去問一問家裡的小朋友就可以瞭解了。老師說要珍惜地球的資源，在丟棄任何東西前，要想一想能不能再給它們一次機會變成有用的再生資源，而不要把它們全部填埋到垃圾堆積場。學校裡學到的東西，是為了要在生活中運用，小朋友學到的東西，大人也要學以致用。多回收一張紙，就可以少砍伐一棵樹，這不是一件讓人快樂的事嗎。

哦，原來是這樣。大人們點點頭，把我當作一個小孩子，然後繼續把目光轉向他們的心靈導師圖小姐。圖小姐似乎很高興，走過來，拉起我的手，讓我坐到她身邊去，說，沒錯，回收的確是一件讓人快樂的事。再生的希望是這個世界延續生長的根本。回收這個舉動透露了人類對環境的關愛，這份關愛反射回來，當然是一種心靈雞湯，利人利己。

圖小姐這樣說，觀眾們方才露出心領神會的表情，表示贊同。人類就是這樣，總覺得孩子說的是孩子話，非要把一件淺顯的事用哲學家般的口氣表達出來才覺

小仙

得值得信服。

　　糖糖貓這時喵了一聲，伸個懶腰，走了出去，我也悄悄溜出了熱鬧的演講場所，跟他坐在咖啡店外面的臺階上。室內，人們還是熱鬧地討論著關於快樂的話題。

　　討論會結束之後，我與姐姐幫忙清理這一場熱鬧之後留下的垃圾。人類真是一種會製造垃圾的生物，短短幾個小時，就留下了一大堆諸如紙杯，紙碟，塑料餐具的廢棄物。

我和姐姐一起把垃圾分成不同類別，裝進標示著不同種類的垃圾袋裡。爸拔說他要感謝我們幫他把他在人間的工作變得簡單。

　　晚上，回家的時候，夜已深。我們看見垃圾車把路邊按照類別包裝的垃圾一袋袋收到車裡去。

　　媽麻握住我的手。我感到快樂而且溫暖，因為我隱隱感覺到人類和我們正為著相同的目標努力著。只要有承擔責任的願望，就有希望。

　　既然無法避免，就要懂得如何處理——這是不是人類已經開始慢慢明白的道理？因為只有放棄才是可怕的。

　　我打個哈欠，簡直不敢想像，我居然也像人類一樣會打哈欠了，並不是需要，而是變成了像習慣那樣下意識的行為——不同的情形做不同的事，我變得愈來愈像人類了。

21 | 關於永續

　　圖小姐的講座很成功，而從有機農場回來，媽麻看上去也安心了不少，不必擔心蜜蜂消失，人間還有希望，當然是值得開心的事。一切值得慶祝，我們像人類一樣，用一頓豐盛的晚餐來表達喜悅，晚餐的原料當然是從有機農場帶回來的各種蔬果，調料，還有新鮮的雞蛋和奶酪。

　　爸拔媽麻傳回仙界的新的報告上說，人類只要還站在一起，為了相同的目標沒有放棄，就還值得我們仙人跟他們站在一起。不過人類世界講究源源流長，前人種樹，後人乘涼，所以給他們一些時間，也給我

們自己一些時間，在這樣的過程中，仙人們何妨多做一些人間的拜訪？彼此瞭解，難道不是解決一切問題的關鍵？看來仙界很快就會重新設立駐人間的外交行政機關了。

如此看來，我們會有充足的時光待在人間，也許直到永遠——永遠對於仙人來說其實是小菜一碟，並不像人類想的那樣漫長而無邊際。

我和姐姐繼續上學，學習人間的技能，希望在日新月異的人世，能夠早日瞭解所有人世運作的規則。

爸拔繼續上班，負責人類垃圾的處理，他堅信對於人類來說，這是一件至關重要的事，他很高興自己能夠站在人類的這一邊的，這讓他覺得自己是人間的一份子——這種從屬的感覺對於生活在人間的神仙來說很重要，是繼續存在下去的動力。他說人類是一種複雜的生物，情感上也會有不健康的情緒垃圾，如果不及時處理，人就會生病，憂鬱不振；人類產生的別的各種各樣的垃圾也是如此，如果不妥當處置，整個人間就會生病，漸漸千瘡百孔，走向毀壞。當然，會

使人間毀壞的可能有許許多多，每一個人，每一位神仙負起一點責任，這種毀壞的可能性就會一點點縮小下去，總之，爸拔負責的是關於人間的垃圾的事。

　　媽麻的咖啡室開始出售自有機農場引進的原料製造的點心，漸漸在這個城市變成一種新的潮流，愈來愈多人來品嚐有機的點心，並且開始關心有機農場的存在，把有機生活變成一種時髦的生活姿態。圖小姐說，在往日，工業革命之前，一切的生活姿態都是有機的，但是在這個新世界裡，把時髦的標籤放在這樣一種返璞歸真的生活姿態上也許是有益的，讓更多的年輕的人們可以因此覺得驕傲的生活方式就可以更可靠地持續。

　　爸拔也說他可以把一塊工業用的廢地整治成一塊農田，栽種有機的農作物，那位有機農場的年輕人可以幫忙一起作這樣的改良，原來我們在有機農場遇見的那位年輕人不僅是農場的主人，同時還是一名生物環境學專家。

　　作為心靈導師的圖小姐在媽麻的咖啡室又舉行了

一場關於地球的演講，這一次我和姐姐居然見到了我們學校的小朋友們，他們由他們的爸拔媽麻帶領，像赴嘉年華一樣興高采烈地出席。大人們互相打招呼，原來爸拔媽麻也與他們建立了友誼。大人們說，不好意思，住在這個地球上，竟然一直沒有空關心一下她的問題，現在就讓小朋友們從小開始瞭解他們應該知道的事。姐姐和我，和我們的朋友們挨個坐在前排的椅子上，大黃貓躺在我腳邊，瞇著眼，也作出傾聽的表情。

圖小姐從洪水說起，說到蜜蜂，說到我們的有機農場，最後說的是關於種花的事，她說：

　　讓我們每個人都種一朵花。
　　在自己心裡種一朵花。
　　在窗臺上，花園裡，田野間種一朵花。
　　讓那採蜜的蜜蜂飛近來，把花的蜜傳播出去；讓那蜜蜂飛進你的心裡，把你心中的希望傳播出去。

　　圖小姐那撫慰人心的笑容，讓所有人如沐春風，心中充滿愛意，愛自己，愛周圍的人，愛這個人世。因為愛，所以我們要善用所有的資源，不浪費。因為，接下來，人間要靠人類自己維護，千萬不能因為人類自己的漠視而毀壞下去。

　　我非常希望我自己會因為住在人間而覺得驕傲，畢竟，他們不是說，這幾乎是一個能以人世為榮的時代了嗎？

　　因此，這裡，只能變成一個更好的地方，人類沒

有放棄，我們仙人也會堅持下去。

　　之後的那天，是中秋節。嚴格地說，這是搗藥兔的節日。

　　我們一家，和糖糖貓，以及搗藥兔在自己家的陽臺上吃月餅賞月，糖糖貓還是不願意修仙，但這已經無關緊要，因為我們反正會在這裡陪伴他。搗藥兔說要給我們一個驚喜。那驚喜原來卻是嫦娥的翩然而至，這是那麼多年之後，嫦娥第一次在人間過中秋節，對於她來說，一切恍若隔世，但重要的是她終於坦然重踏故地，甚至帶著憧憬。

　　今夜的人間，燈山燈海，人們仰望天空，要找月亮上那隻兔子的影子，他們卻還沒有意識到這隻兔子和月宮的主人此刻其實正與他們在一起。搗藥兔的粉絲們，也一定願意知道這兔子終於達到了修仙的最高境界，開始擔任仙界關於人間事務的顧問工作，將會協助成立仙界在人間的外交行政機構。作為從人間進入仙界的兔子，她的最高理想當然就是仙界人間大同，彼此和樂，一起把那傳說中可怖的洪水，永遠擋在可

能之外。

　　另外，不得不提的是，在我們的聚會接近尾聲的時候，來了一位不速之客，就是那位有機農場的生物環境科學家。他有急事要找爸拔商量，早前他傳來的郵件裡好像說是找到了改良土地的新辦法，所以急不可待要與爸拔分享。進門的時候，他跟我們一一問好，把手上提的兩盒農場自製月餅遞給媽麻。大黃貓急匆匆奔跑過來，一頭撞在他的腿上，他低頭抱起糖糖貓，然後抬頭看見嫦娥，卻突然呆住了，嫦娥也緩緩站起來，眼睛裡如同蒙上了一層霧氣。年輕人再看向大黃貓時，露出驚訝的神情，仔細審視。糖糖貓打著呼嚕，有點不以為然地說，終於認出我來了？可是上次見面怎麼那麼粗心大意？連那自詡精靈的搗藥兔也這般糊塗——現在即便覺得不好意思，也用不著這樣目不轉睛看著我呀。

　　年輕科學家的臉紅了，不過他沒有把貓放下來，而是像搓玩具一樣搓揉著依舊發出呼嚕聲的貓，而貓

看上去很受用而且得意。

然後，我聽見他自我介紹，話是跟嫦娥說的，他說，我叫喬治，但是妳也可以用我的中文名字稱呼，我的中文名字叫做候奕……

糖糖貓喵了一聲，輕輕一躍跳到地上，故意撞到了站在一邊發呆的圖小姐。

圖小姐哦了一聲，把貓抱起來。

我悄悄走過去，正聽見糖糖貓說，苦苦尋找的其實就在眼前，卻偏偏錯過——原來神仙也有疏忽的時候。

　　這次，圖小姐沒有爭辯，笑嘻嘻地貼著大黃貓的耳朵道，你說得完全正確，修煉成仙也不代表能達到完美無缺的境界——但是，不管你願不願意成仙，至少，我們具備重要的共識——你是不是也像我一樣，覺得他們始終會再相遇？——所以那次，雖然你看出了端倪，卻不肯開口？只是在等這水到渠成的一刻？

糖糖貓的眼睛骨碌碌轉了一圈，假裝聽不懂圖小姐說的話，顧左右而言他地說，大家終於都在這裡了。

我急忙說，對，都在這裡了。還有我——我，姐姐，爸拔，媽麻，我們也都在這裡。

然後，我們仰望天空。

這一天的月亮自然特別大，特別圓。

彷彿想留住這樣的時刻，圖小姐突然說，在這樣的日子裡，我們是不是需要一些音樂。於是，那曾經熟悉的仙界之樂彷彿正要悠然響起，然而沒有真正靠近，已經裊裊淡出，好像不被需要了。年輕人候奕沒有注意到那倏忽遠去的曲子，指著屋子一角我們的小提琴盒子雀躍地說，音樂不在這裡嗎？

媽麻點頭道，沒錯，正應該合奏一曲——兩位…… 兩位孩子修習功課已經有一陣子了，也該有些心得了。

爸拔也附和說，沒錯，學到的人間樂曲正是往後住在這裡需要的。

小仙

真沒辦法，變成了大人的大仙們總是忘不了說教的職責。姐姐忍不住朝我擠擠眼睛。

　　撥動琴弦的時候，姐姐俯身問我，準備好了？

　　唔。我一點也不慌張，因為我覺得那曲子已經在我心中漸漸成型，會慢慢地流淌出來。

　　他們說，音符準確的時候會產生共鳴——但願如此。

　　月亮更圓更亮了，在地上投下一個淡淡的影子，這一次，只有大黃貓注意到了，他覺得那影子在琴聲中慢慢變成了他記憶裡那隻兔子的模樣⋯⋯

　　那些流逝的時光，其實⋯⋯

　　他全都記起來了。

國家圖書館出版品預行編目資料

小仙／聞人悅閱著
初版 . -- 臺北市 ：聯合文學 . 2016.03
240 面 ；14.8×21 公分 . -- （聯合文叢；601）

ISBN 978-986-323-159-2（平裝）

857.7   105001997

聯合文叢 601

小仙

作　　　者／聞人悅閱
發　行　人／張寶琴

總　編　輯／李進文
主　　　編／陳惠珍
責 任 編 輯／黃榮慶
資 深 美 編／戴榮芝
業務部總經理／李文吉
行 銷 企 畫／李嘉嘉
財　務　部／趙玉瑩　韋秀英
人事行政組／李懷瑩
版 權 管 理／陳惠珍
法 律 顧 問／理律法律事務所
　　　　　　陳長文律師、蔣大中律師

出　版　者／聯合文學出版社股份有限公司
地　　　址／（110）臺北市基隆路一段 178 號 10 樓
電　　　話／（02）27666759 轉 5107
傳　　　真／（02）27567914
郵 撥 帳 號／17623526 聯合文學出版社股份有限公司
登　記　證／行政院新聞局局版臺業字第 6109 號
網　　　址／http://unitas.udngroup.com.tw
　　　　　　E-mail:unitas@udngroup.com.tw

印　刷　廠／沐春行銷創意有限公司
總　經　銷／聯合發行股份有限公司
地　　　址／（231）新北市新店區寶橋路235巷6弄6號2樓
電　　　話／（02）29178022

出 版 日 期／2016 年 3 月　　初版
定　　　價／280 元

ISBN 978-986-323-159-2（平裝）
《本書如有缺頁、破損、裝幀錯誤、請寄回調換》